Die Hitze
ließ nur die Dinge

Susanne Fritz

Die Hitze ließ nur die Dinge

Roman

Klöpfer & Meyer

Dir,
mit dem ich über Schatten springe
in ein immer weiteres Land.

Spuren folgen. Sich fremd werden.
Näherkommen. Als Fremder.

Jan

Der gerade Weg wird mit Wunden geschlagen,
gegen den Willen der Welt.

D. H. Lawrence

I.

Rot, immer wieder rot, gespannter Stillstand. Es stinkt nach Gummi und Teer, Benzingase beißen sich im Kopf fest, Dieselwolken nehmen einem den Atem. Sie fahren, halten, fahren, stottern Meter für Meter im schwarzen Mietwagen voran. Die Stadt zieht sich, als stieße sie niemals an Grenzen. Stadt, und immer nur Stadt. Stadt ohne Ufer. Straßen ohne Ende. Endlose Leitungen, Kabel und Drähte. Unmengen von Gastanks, Wassertanks, Antennen. Unzählige Reklametafeln, Stände, Buden. Eine Flut von Ziegeln, Beton und Blech.

Die Luft ist gelb und klebrig, als ließe sie sich mit dem Messer zerteilen. Die Haut ist Pergament, die Augen brennen, eine augenblickliche Krankheit im Hals, die Lungen fühlen sich schwer an. Jan verriegelt die Autotüren, schließt die Fenster und schaltet die Klimaanlage ein. Morgens bei der Mietwagenagentur hatten sie beide noch gelacht. Klimaanlage, wozu?

Isabel fährt sich nervös mit dem Handrücken über die Stirn, wirft einen Blick nach links zum Fahrer, der vom ersten in den zweiten Gang schaltet und zurück, schaut aus dem Fenster.

Ein Häusermeer auf zweitausendzweihundert Metern Höhe, wo früher einmal ein See war, der Texcoco, und mittendrin einst die aztekische Hauptstadt Tenochtitlán, beschrieben als indianisches Venedig, *schöner noch als Granada*, feudale Paläste, *größere und prächtigere findet man nicht in Spanien,* schwärmte Hernán Cortés in seinem Bericht. Der Himmel war pastellfarben, das Klima überaus angenehm bei frühlingshaften Temperaturen, im Hintergrund leuchteten die schneebedeckten Vulkane.

Tenochtitlán, reiche Großstadtmetropole eines kriegerischen Staats, von vermeintlich überirdischer Streitmacht betrogen, belagert und überwältigt, in rein menschlicher Gier geplündert und dem Erdboden gleichgemacht: *Ich und meine Gefährten leiden an einer Krankheit des Herzens, die nur mit Gold geheilt werden kann,* ließ der pfiffige Eroberer Moctezuma wissen und marschierte unter der schwarz-goldenen Kreuzesstandarte *Hoc signo vinces* in dessen Hauptstadt ein.

Fünfhundert Jahre nach Goldrausch, Blutbad und Errichtung einer Kolonialstadt auf Ruinen: Menschen stehen unschlüssig am Straßenrand, als hätte der Mut sie verlassen oder die Müdigkeit sie übermannt, als wüssten sie weder vor noch zurück, hätten die Orientierung verloren, vergessen, wohin und wozu sie aufgebrochen sind, als trauten sie sich nicht über die mörderische Fahrbahn. Schlafende auf dem Mittelstreifen, hingeworfen, hingesunken in den Auswürfen gelähmter Fahrzeuge. Dazwischen schlängeln und drängeln sich Eis-, Kaugummi- und Losverkäufer, schwenken, schwingen ihre Waren, bunte Säfte mit Strohhalmen und Obststücke schimmern, schwappen in Plastiksäckchen gegen die Scheiben, Autowäscher arbeiten mit Eimern und Schwämmen, Lappen und Sprühflaschen, alles synchron, alles muss schnell gehen. Auch Feuerschlucker, Musiker und Akrobaten riskieren im Takt der Ampeln ihren Hals, ergreifen ihre Chance bei rot – Bühne frei für die Artisten: einer steigt auf die Schultern des anderen, ein Kind klettert wie der Blitz an den beiden hinauf, tänzelt mit wehenden Ohren im Hasenkostüm, rudert mit den Armen, um nicht abzustürzen. Schon schwankt der Menschenturm, fällt in sich zusammen, das Häschen springt und nimmt den Kopf ab, trägt ihn vor sich her an der Autoschlange entlang, sammelt die Münzen darin ein, übergibt den Verdienst dem Ältesten, verschwindet erneut im

Plüschkopf, während die Ampel grün schaltet und die Phalanx der Fahrzeuge sich dröhnend weiterschiebt.

Vielleicht finden wir nie wieder aus dieser Stadt hinaus, fürchtet Isabel, schaut auf Jans Hände am Steuer, fühlt ein Stechen unter dem Brustbein. Hat sie geschlafen? Ist sie in die Welt gesetzt worden und hat versäumt, die Augen zu öffnen? Hat sie blind gelebt, gedacht nur zu leben? Hat es sich immer nur vorgestellt? Ihr Leben skizziert, nur Pläne gemacht und wieder verworfen und neue gemacht und? Und jetzt ist sie hier.

Mit Jan.

Vor ein paar Tagen ist sie aufgewacht in einem riesigen Hotelbett, so dass sie ihn hat suchen müssen. Hat ihn schlafend gefunden in fremder Stadt, auf unbekanntem Kontinent. Sie schaut aus dem Fenster, traut ihren Augen nicht.

Doch, sie bewegen sich, wenn auch am Rande des Stillstands, vorwärts, aus dem besiedelten Sumpf hinaus. Ein Wegweiser taucht auf, die Richtung scheint zu stimmen. Ihre Reise ist doch nicht unverhofft zu Ende, verfahren im uferlosen Saum von Mexiko Stadt, im Smog erstickt, den Mut aufgegeben und zurück nach Deutschland. Sie werden das *verbrannte Wasser* der alten Lagune hinter sich lassen und das Land bereisen. Und Jan wird die Hände vom Steuer nehmen, die Füße von Gas, Kupplung und Bremse, wird die Augen vom Tanz der Bremsleuchten und Blinker lösen und sie ansehen. Doch jetzt ist er der Fahrer, gibt sich konzentriert dem Chaos hin.

Noch stottern sie voran: schüttere, verbeulte, durchgerostete, vielfarbige und blendend verchromte, pompöse und rein praktische, fabrikneue und irgendwie zusammengeflickte, scheppernde, klappernde, schnurrende, stinkende und dampfende Kleinwagen, Limousinen, Busse, Pick-ups, Tanklastzüge. Endlich in Mexiko. Mit ihr, mit Isabel! Er liebt die abenteuerliche

Unordnung, bewegte Dichte. Alles kann kommen. Jederzeit. Von allen Seiten. Unhörbar, auf einen Schlag. Ein Ruck bloß, ein Schlenker. Ein Lidschlag im falschen Moment. Wovor hat er Angst? Er beobachtet sie aus dem Augenwinkel. Sie schaut aus dem Autofenster, reibt sich die Augen unter der Sonnenbrille. Es wird gut. Er wird dafür sorgen.

Ewig locken mit tropfender Quaste gemalte Buchstaben auf Mauerwerk, auf in den Boden gerammten Tafeln entlang der Straße. Verlässliche Wiederkehr des Gleichen in veränderlicher Reihenfolge: *fruta, comida corrida, mecánico, taller, mofles.* Unter Hausrat, Eisenwaren, Textilien, Schuhen, buntem Kinderspielzeug ächzende Marktstände, unter schweren Lasten sich biegende Menschen auf eiligen Beinen, ambulante Küchen, Imbissbuden, Autowerkstätten. Alles ist hier zu haben, unermüdlich wird herbeigeschleppt, aufgebaut und fortgetragen.

Ihr Blick fällt jenseits der Hauptstraße. Festgetrampelte und plattgefahrene Erde, grelle gelbe Adern aus Staub. Wege, die sich im flirrenden Licht verlieren. Armierungseisen ragen aus den Flachbauten, Limonadenflaschen sind über ihre vorläufigen Enden gestülpt, um sie wie zarte Pflänzchen für den Weiterbau zu schützen. Wasser- und Gasbehälter stehen auf den Dächern, wuchtiger als die Gebäude selbst. Nichts wirkt abgeschlossen, fertig, alles treibt weiter, wuchert und wächst, auch die Straßen und Wege, die die Menschen hier gehen, Schritt für Schritt bis zu ihrem Verschwinden. Namenlose Straßen.

Sie schaut unsicher auf den Stadtplan, ein verzwicktes Schnittmuster, und ungläubig aus dem Fenster, denkt zurück an die ersten Tage in dieser Stadt, fragt sich: Wo schlägt ihr Herz?

Kilometer von hier im historischen Zentrum? Schlägt es auf dem Zócalo, im Kerzenhalbdunkel der erdbebenbrüchigen Kathedrale? Oder in den Trümmern des Templo Major, auf den zerfallenen Altären der Herzopfer? Wo schlägt es? In den theatralischen Fresken der Muralisten Rivera, Orozco, Siqueiros, in der erstarrten Dynamik ihrer Geschichtsbilder ›Klassenkampf‹, ›Katharsis‹, ›Marsch der Menschheit‹? In der Casa Azul, im Spiegellabyrinth Frida Kahlos, Ganzkörperspiegel über dem Bett, die schrecklichen Krücken daneben, die Wände besät mit ihren Bildern, ihren Augen? Schlägt es bei den Lohnschreibern unter den Arkaden der Plaza Santo Domingo, im Takt mechanischer Schreibmaschinen, im Rhythmus schüchterner Diktate, in untertänigen Gesuchen, in Bekanntmachungen von Trauungen, Geburten, Todesfällen? Schlägt es auf der Plaza Garibaldi, in den Gitarren, Kehlen und Trompeten der Mariachis, die sich die Beine in den Bauch stehen, bis einer sie zur Hochzeit holt, zum Fest? Schlägt es im dröhnenden Dickicht von La Merced, in den Irrgängen aus Säcken, Eimern, Planen, Schnüren, Brettern, in den ungelüfteten Labyrinthen aus Fleisch und Fisch? Zwischen Orangenhaufen, Bananenwällen, Textilwänden, T-Shirt-Türmen, Spielzeugbergen? In den Engpässen der Schmuckwerkstätten, im Schein der Lämpchen und Lötkolben, im Geklingel und Geklapper der Hämmerchen und Stanzapparate? Im Gedröhn laufender Fernseher, Radios, CD-Player, im Singsang der Marktschreier, im Takt des Handels, Kauf, Verkauf, Kauf, Verkauf? Oder schlägt es im Norden der Stadt, in der Basilika der Heiligen Jungfrau von Guadalupe: In brechendvoller, luftloser Metro bis La Villa Basílica, wie benommen zu Fuß weiter im Gewirr der Gläubigen, Kinder an Leinen, damit sie nicht verloren gehen im Gedränge zwischen Devotionalien, Hotdog-Ständen, Süßigkeiten, Coca-Cola. Menschen auf Zehenspitzen, auf den Knien rutschend, betend, Blick zum Himmel, Blick zu Boden. In der großen Halle endlich auf dem Förderband am Bildnis der La Morena, der braunhäutigen

Jungfrau, hinter schusssicherem Glas vorbei gleitend, gleicher Takt für alle, und über Lautsprecher gesegnet werden, geheilt von Kummer, Krankheit und Schuld? Wo schlägt das Herz? In Teotihuacán, in der ›Heimat der Götter‹, auf den steilen Stufen der Sonnenpyramide, die ihre Besucher mit Wasserflaschen, Sonnenschutzcreme und Fotoapparaten gerüstet erklimmen wie Ameisen?

Im Hotelzimmer, in dem sie ihre ersten Nächte verbringen, verwirrt noch von ihrer Landung bei Nacht auf dem immensen Lichterteppich der Megastadt: ein umgestülpter, auf die Erde geschütteter Sternenhimmel? In einem nach fremder Sauberkeit riechenden Bett, wo sie scheu den Geruch des anderen einatmen wie Sauerstoff, als ging's gleich unter Wasser, in ein anderes, unberechenbares Element? Irgendwann steht Isabel am Fenster und schaut in die nächtliche Straßenschlucht. Nichts darf ihr entgehen, nicht die gelbe Straßenbeleuchtung, nicht die grellgrünen Käfertaxis und die Müllmänner, denen nachts die Stadt gehört …

Isabel sieht Kinder am Straßenrand, denkt: Es pocht in den Herzen der Schulkinder. Kinder in Uniform, graue und blaue Röcke oder kurze Hosen, blank polierte Schuhe, tadellos weiße Blusen, weiße Hemden, weiße Kniestrümpfe, glänzendes, gescheiteltes, zurückgekämmtes und gebundenes schwarzes Haar. Herzen, die auf den Bus warten. Pochende Herzen an den Händen der Mütter, auf ihren Armen. Pochende Herzen der Mütter und der doppelherzigen Schwangeren. Pochende Herzen der Väter, die ihre Fahrzeuge in rollende Märchenschlösser verwandeln, schillernde Trittbretter anbringen, das Fahrerhaus ihrer alten Kleinlaster geschickt überbauen, zusätzliche Ladeflächen schaffen, um noch mehr Menschen, Hühner, Trinkwasser, Ersatzteile, Baumaterial und Schrott zu bewegen. Pochende

Herzen der Arbeiter, todmüde, in Schlaf gefallen auf dem Orangenberg, der dahinschrumpft in den Pressen der Saftverkäufer. Daneben wachsen Schalenberge, Durstige stehen Schlange in der von Smog und Süße geschwängerten Luft. Und Isabel nimmt den randvoll gefüllten Becher entgegen, ihren gelb schäumenden Zaubertrank.

Wieder verrutscht das unentzifferbare Schnittmuster auf ihren Knien. Vielleicht hält sie den Plan verkehrt herum, betrachtet die endlose Stadt auf dem Kopf? Da fühlt sie ihr Herz schlagen, es pocht unruhig, ängstlich. Es pocht in Richtung des Fahrers, dieser drischt die Hupe, als gälte es, einen störrischen Esel vorwärts zu bewegen. Die Phalanx schiebt sich im Schritttempo voran. So werden wir unser Ziel nie erreichen, fürchtet er. Viel Zeit vertrödelt morgens im Bett, beim Einpacken, beim ausgiebigen Frühstück, vergeudet bei der Taxifahrt vom Hotel zur Mietwagenagentur, bei den üblichen, umständlichen Formalitäten und keine Chance, sie wieder einzuholen. Eng geht es zu, es müsste knallen, doch durch ein Wunder bleibt die Tuchfühlung aus. Er drischt die Hupe, vergisst Isabel.

Sie stellt sich vor, durch die staubigen Straßen zu gehen, nichts auf der Haut als Jeans und ein frisch gewaschenes weißes T-Shirt, einzige Zuflucht in dieser Stadt, überlegt sie, man trägt sie direkt am Leib. Sie malt sich aus, dort draußen umherzugehen, allein zwischen Menschen, die sie nicht kennt, in einer Welt, die von nervöser Hand auf lose Zettel gekritzelt scheint. *Mexiko, die mutwillig krebswuchernde Stadt, die nach anarchischer Ausbreitung giert. Die Demokratie mit Besitz verwechselt, aber auch Gleichheit mit Plattheit. Wie sie erdrückt wird von ihren riesigen Elendsgürteln, von Legionen von Arbeitslosen, Landflüchtigen und von Millionen von Kindern, zwischen einem Schrei und einem Stöhnen gezeugt …*

Isabel raschelt verlegen mit dem Papierbogen auf ihrem Schoß. Erneutes Hupkonzert. Auf der linken Seite glänzt eine Metrostation, staatliches Zugeständnis an tausende illegal errichteter Bauten mit improvisierten Stromleitungen, an eine Siedlung, die sie auf dem Plan nicht finden kann.

»Gleich sind wir aus dem Dicken raus«, behauptet Jan.

Er kann sich noch gut an das Verkehrschaos hier erinnern, zwei Jahre ist es her. Er war schon einmal von Mexiko-Stadt in Richtung Chalco unterwegs. Caroline hatte ihre Kamera immerzu aus dem Fenster gehalten, daran war er gewöhnt. Sie hatte anderes zu tun, als ihn zu lotsen. Warum sollte ihm das Kunststück nicht ein zweites Mal gelingen?

Ende der Ausbaustrecke, die Straße verengt sich von sechs auf vier, dann auf nur drei Fahrbahnen, noch langsamer keuchen die Fahrzeuge voran, der Verkehr verdichtet sich zu einer blechernen Thrombose. Ein roter Lieferwagen schiebt sich in Zeitlupe vor ihre Nase, begleitet von einem lang anhaltenden, schmerzenden Quietschton wie bei der Einfahrt eines Zuges in das Gleislabyrinth eines Bahnhofs, schrammt ihren Wagen über die ganze Länge. Jan sieht sie vor sich, die rote Spur im schwarzen Lack, doch niemand nimmt Notiz, der Fahrer des Lieferwagens dreht sich nicht einmal um, als seien ein paar Kratzer unvermeidlich, als habe er den Unfall nicht einmal bemerkt. Auch Jan fährt aufs Äußerste konzentriert weiter, einsichtig, dass eine Schramme ihn nicht unnötig Kraft kosten darf. Unermüdlich sucht er Anhaltspunkte im Chaos, taxiert die Zwischenräume, um schlimmere Zusammenstöße zu vermeiden.

Ihre Augenlider fühlen sich an wie Schmirgelpapier. Was kommt auf mich zu, fragt sie sich, wie wird es enden? Am liebsten würde sie schlafen.

Als sie die Augen wieder öffnet, lichtet sich das Bild. Auch

Jans Gesichtszüge wirken jetzt deutlich entspannter. Es ist kaum zu glauben, doch sie sind heraus! Mit einem Mal versickert die Stadt im durstigen Boden und unversehens mit ihr der Verkehr – bis nur die Straße bleibt und eine Gegend wie das struppige Fell eines uralten Tieres, eines großen, räudigen Hundes. Tatsächlich liegen Hunde auf der Straße. Isabel fängt an, sie zu zählen, nach einem Dutzend Kadavern hört sie auf.

»Habe ich dir zu viel versprochen?«

Jan wirkt zufrieden, als hätte er persönlich für die Hunde gesorgt.

Blut auf dem Asphalt, Tiere, die aussehen, als würden sie schlafen, andere mit geblähten Bäuchen und steif abstehenden Beinen. Offen liegendes Fleisch, von Reifen aller Größen und Profile zerfahren und über die Fahrbahn verteilt. Ein zurückgelassenes Fell, das sein einstiger Träger nicht mehr zu brauchen scheint, obwohl es noch gut in Schuss ist.

»Nein«, antwortet sie, »du hast mir nicht zu viel versprochen.«

Wo tote sind, sind auch lebende Hunde, linkische Köter mit dürren, rotzig in die Luft gestreckten Schwänzen. Sie kläffen die Autos an, jagen neben ihnen her, beißen in die rollenden Reifen. Den Toten schenken sie keinerlei Aufmerksamkeit, als existierten sie nicht, als wären sie von grundsätzlich anderer, völlig uninteressanter Natur. Braunschwarz schillernde Zopilote lassen sich auf den Kadavern nieder, senken ihre hungrigen Schnäbel ins Fleisch.

»Und die Geier?«

»Schön«, gesteht Isabel, auch die Geier gehörten zum Versprechen ihrer ersten großen Reise. »Ich dachte schon, wir kämen da nie wieder heraus.«

»Ich wollte dir noch die Augen zubinden.»

»Sie brennen fürchterlich.«

»Gefällt es dir?« fragt er gespannt.

Sie blinzelt in die sonnenbleiche Landschaft. Ob es ihr gefällt? Was meint er? Ihr Spaß macht? Lust verschafft? Mm, gefallen wäre zuviel gesagt, zu wenig, jedenfalls nicht präzise.

»Sehr«, sagt sie, dehnt das kurze Wort genießerisch.

Jan atmet auf. Was würde er tun, wenn nicht?

»Fahren wir jetzt auf den Vulkan?« fragt sie munter.

»Natürlich fahren wir zum Vulkan.«

Sie betrachtet sein Gesicht. Als habe die Fahrt durch die endlose Stadt seine Züge durchwalkt und geknetet ... Ein wunderschöner, reifer Mann, befindet sie beglückt, mit zupackenden Händen, graumeliertem Haar wie der Wolf im Märchen, dazu passende graue, hungrige Augen und blendend scharfe Zähne in einem verführerisch geschwungenen Mund.

Ihr Ziel ist der schneebedeckte Vulkan Popocatépetl, der »Rauchende Berg«. Neben ihm liegt, in anschmiegsamer Schönheit ausgestreckt, seine »Schlafende Frau« Iztaccíhuatl.

Sie sind vergnügt. Ein kühles Bier, ein paar Cracker, köstlich! Sie fahren auf schnurgerader Straße ostwärts, auf der Höhe der Stadt Amecameca biegen sie ab, folgen der *ruta de evacuación*, dem Fluchtweg, in entgegengesetzter Richtung.

»Die Gaswolke würde uns sofort töten, ehe wir irgendetwas begriffen hätten«, sagt Isabel. »Der Ascheregen würde uns dann begraben. Bis zu unserer Entdeckung. Wie in Pompeji. Warst du einmal in Pompeji?«

Er schüttelt den Kopf.

»Ich hoffe, wir werden uns in letzter Sekunde umarmen.«

»Bestimmt.«

»Keiner will alleine sterben. In der Panik greift man sich

irgendeinen Hund oder einen wildfremden Menschen. Kannst du dort alles sehen in Pompeji.«

An einem Militärposten werden sie angehalten. Zwei Soldaten gehen um den Wagen herum, notieren ihr Autokennzeichen.

»Sus pasaportes, por favor.«

Isabel kramt nach den Pässen, gibt sie Jan, der sie an den Uniformierten weiterreicht.

»Hoffentlich fragen sie nicht nach unserer Genehmigung«, brummt Jan nervös.

»Brauchen wir eine?«

»Schon möglich. Nationalpark, Gefahrenzone.«

»Wir könnten uns als Wissenschaftler ausgeben.«

»Die sollen sich nicht so anstellen.«

Hier umzudrehen wäre eine furchtbare Schlappe. Natürlich hätte Jan sich informieren können. Ihr Reiseziel gehört zu den am besten bewachten Regionen der Welt. Per Mausklick hätte er einen exakten Zustandsbericht des explosiven Berges erhalten, einschlägige Messwerte nachlesen und faszinierende Bilder vom Krater einsehen können. Er hätte die Fahrt vor Antritt im Internet simulieren können. Hat er nicht.

»¿Traen armas o explosivos?« fragt der junge Soldat leise, fast schüchtern im Rahmen des Fahrerfensters, den Riemen seines automatischen Gewehrs dabei straff ziehend. Ob sie Waffen dabei haben, Sprengstoff? Sein ebenfalls schwer bewaffneter Kamerad steht zu dessen Verstärkung schweigend neben ihm. Der erste wiederholt noch einmal seine Frage. Endlich versteht Isabel und verneint.

»No, no tenemos armas«, sagt sie kopfschüttelnd.

»¿Son turistas?« fragt der Uniformierte unbeirrt.

»Sí, turistas«, wiederholt Jan durch die Zähne.

»¿De Alemania?«

»Sí.«

»Vielleicht wollen sie Geld sehen«, flüstert Isabel und tastet nach ihrer Börse.

»Lass bloß stecken. Damit fangen wir erst gar nicht an.«

»Warum schaut er mich dann so an?«

»Keine Ahnung.«

Dann nickt der erste Soldat, gibt Jan die Pässe zurück. Die Uniformierten treten einen Schritt zur Seite und geben mit zögerlicher Handbewegung, als könnten sie es sich jederzeit anders überlegen, die Straße frei.

Sie streichelt ihm sanft übers Haar, krault ihn im Nacken. Er erwidert ihre Geste, schmiegt seinen Kopf gegen ihre Hand. Sie schweigen, genießen die Zärtlichkeit.

Für einen Moment glauben sie sich allein auf der Welt. Da erscheinen Radfahrer, von VW-Bussen und Kleinlastern begleitet, Blumensträuße und Votivbilder der Heiligen Jungfrau von Guadalupe an Lenker, Stoßstangen und Kühlergrills gebunden. Die Pilger werfen ihre Körper schwungvoll über den Rädern hin und her. Jede Bewegung ist eine Verausgabung, ein klitzekleiner Schritt nur auf ihrem steilen Weg zum Heil. Aus ihren Mündern kommen weiße Fahnen. Zeichen ihrer Ergebenheit, des mystischen Übergangs von Leben und Tod? Oder, praktisch betrachtet, von zunehmender Höhe und Kälte?

Bald ist der Nebel so dicht, dass der Berghang verschwindet und die Straße sich vor ihren Augen auflöst. Was ihnen bleibt, sind die Reiseführer auf dem Rücksitz, Straßenkarten, ein paar herumkullernde leere Bierflaschen und eine halbvolle Plastikflasche mit Wasser. Dazu weiße Luft, die zum Fensterspalt herein raucht, als käme sie aus Gräbern.

Die Pilger scheint nichts zu bekümmern. Vom Ziel ihrer Wallfahrt zurückkehrend, rasen sie sorglos abwärts. Jan reißt am Lenkrad, einem Wunder gleich schwenken die Radler an ihnen vorbei, taumeln über den Blumenschmuck gebeugt im wilden Tanz mit der Jungfrau zu Tal.

Wäre die holprige Straße nicht, sie würden glauben, die Fahrt nur zu träumen. Ein bergan schuftender Wallfahrer wird in Zeitlupe überholt. Einige Atemzüge lang befinden sich ihre Köpfe auf gleicher Höhe. Es geht steil aufwärts, die Steigung drückt ihre Körper in die Sitze. Kurve um Kurve schrauben sie sich, gleich schwermütigen Vögeln, höher.

Wieder gelangen sie an einen Kontrollpunkt. Die Gewehrläufe der Soldaten stecken, wie zur Sinnlosigkeit verdammt, in den Wolken.

Sie sind auf dem Paso de Cortés angelangt. Dessen Namensgeber hatte den Pass, von der versengten Stadt Cholula herkommend, fünfhundert Jahre zuvor mit seinen Soldaten und einheimischen Hilfstruppen hier überquert. Wiederholt hatte Moctezuma den Eindringlingen Geschenke entgegen tragen lassen. Dazu sein Ehrenwort, weitere Tribute auf Wunsch zu entsenden und darüber hinaus den Bootsbau der Spanier zu unterstützen in der Hoffnung auf deren baldigen Abzug. Denn Cortés hatte, zur Besiegelung seiner Mission, seine Flotte vorsätzlich auf Sand gesetzt, die Schiffe zerstört und die eigenen Männer zu Gefangenen gemacht. Mit gefangen, mit gehangen! Und mit jedem Häppchen Gold, mit jeder Zuwendung, die sie erhielten, stieg der Hunger der Weitgereisten ins Unersättliche. Warum sich mit Geschenken bescheiden, wenn unfassbare Reichtümer lockten? Nebenbei waren Ungläubige zu taufen, wahlweise zu köpfen, Kruzifixe oder Madonnen statt der Götzen aufzustellen, für die man Menschen opferte und angeblich auch verspeiste.

Jede Schwierigkeit, die sich Cortés in den Weg stellte, jeder Verlust, jede Bedrohung machte ihn, einen Christen, der täglich die Heilige Messe empfing, nur entschlossener auf seinem blutbefleckten Weg. Als Summe der Widerstände wurde er zu dem Mann, den kein anderer aufhalten konnte als der Tod. Wahnwitzige Zufälle spielten seinem Erfolg in die Hände. Für seine raffinierten Verhandlungen brauchte er Dolmetscher, die fanden sich gleich bei seiner Landung auf Yucatán in Gestalt des spanischen Schiffbrüchigen Aguilar, der Maya sprach, und der Sklavin und Geliebten Malinche, die man Cortés zum Geschenk gemacht hatte und die neben Maya auch Náhuatl, die Sprache der Azteken, beherrschte. Dank einer zweifachen Übersetzung begriff der Eroberer schnell, wie die Dinge lagen und wen er als Verbündeten gebrauchen konnte. Wie wäre die Geschichte verlaufen, wenn Moctezuma und Cortés einander nicht verstanden hätten?

Paso prohibido, die Straße nach Tlalmacas ist gesperrt.

Sie steigen aus. Vor einem Feldaltar knien Pilger. Ihre Fahrräder liegen im Schnee. Ein Wegweiser zeigt in Richtung Krater, doch alle Fußspuren enden hier.

Als hätte man sie dort angebunden, tappen Jan und Isabel fröstelnd um den Pflock, starren gegen die Nebelwand, als müsse der Kraterrand Gestalt annehmen aus dem Nichts. Dann halten sie inne, halten die Luft an, als könnten sie, wenn sie nur aufmerksam hinhörten, das Lied des Unberechenbaren vernehmen, als vibrierte der Boden vor uraltem Groll, als ließe sich die wilde Glut durch die Sohlen ihrer Turnschuhe erahnen, als stünde die tödliche Explosion unmittelbar bevor. Schon sind sie bereit, Rauch und Schwefel zu atmen, doch die Luft ist nur kalt und dünn auf dreieinhalbtausend Metern Höhe.

Und als sie den Punkt erreicht hatten, wo der Lärm stärker wurde und weil die Erde bebte und dicke Ascheschichten den Weg blockierten, wagten sie nicht weiterzugehen. Aber einige waren mutiger und neugieriger und fest entschlossen, den geheimnisvollen Ort zu sehen, der dieses furchtbare und zugleich wunderbar anzusehende Feuer hervorbrachte, und auch deshalb, weil sie nicht für ängstlich und feige gelten wollten, ist in Cortés' Eroberungsbericht zu lesen, *und obwohl die meisten nicht willens waren, sich anzuschließen und die einheimischen Führer sie abzuschrecken versuchten, indem sie erklärten, dass nie eines Menschen Fuß dorthin gelangt sei und kein Auge je in den Krater geschaut habe, stiegen die Beherzten bis zum Gipfel hinauf, den sie in einer dichten Rauchwolke erreichten. Die Öffnung, so sagten sie, habe eine halbe Legua im Umfang betragen. Der Widerhall des Getöses habe die Erde erzittern lassen und das Ganze einem Ofen mit kochendem flüssigem Glas geglichen … Sie hatten kaum den Abstieg begonnen, als ein Asche- und Flammenregen einsetzte … und schließlich habe es glühende Steine auf sie herniedergehagelt, sodass sie unter einem Fels Schutz suchen mussten, um nicht zu verbrennen. Doch da sie Beweise dafür mitbrachten, dass sie ganz oben gewesen waren und dennoch heil zurückgekehrt waren, küssten ihnen viele Indianer die Gewänder und starrten sie an, als wären sie Götter oder Zauberwesen.* Oder schlicht Aufschneider, wie der ausgewiesene Vulkanologe Alexander von Humboldt vermutete, nach dessen akribischen Vermessungen vor Ort es ein Mensch unmöglich bis ganz hinauf zum Kraterrand geschafft haben konnte?

Die einen Wallfahrer rudern mit den Armen gegen die Kälte, die anderen schieben vergnügt ihre Räder durch den Schnee. Haben sie das Ziel ihrer Wallfahrt erreicht?

Isabel und Jan starren noch immer gegen die weiße Wand. Die Soldaten folgen ihren Blicken. Sie kennen ihren feurigen

Berg, ihren Don Gregorio, gut, respektieren seine Gewalt. Wenn er mit tiefem Groll eine Wolke ausspuckt, diese kreisrund über dem Krater aufsteigt. Dreißig, vierzig Ausstöße von Gas, Asche und Wasserdampf an nur einem Tag sind keine Seltenheit. Für Minuten vibriert der Boden, weicht die Materie einer tiefen, unheimlichen Musik. Es sind die Atemzüge des sich im Schlaf wälzenden Riesen. So leicht gibt kein Wunder sich preis. Vielleicht hätten den Besuchern ein Fahrrad geholfen und Gebete zur Heiligen Jungfrau? Oder einfach nur eine bessere Sicht?

Gerade wollen sie ins Auto steigen, da grollt es, zittert es unter ihren Füßen. Isabel hält sich an ihm fest und Jan sich an ihr.

»Denk an Pompeji. Und die Soldaten stehen herum.«

»Was sollen sie machen. Schießen?«

»Lass uns abhauen.«

Sie fürchten sich wie Kinder und sind glücklich.

Sich gegen die Liebe zu sträuben, hieße die Atmung einzustellen. Unmöglich, Jan *muss* atmen und sich tiefer und tiefer in Isabel verlieben, die mit ihm fröstelt und auf die sprühende Lava wartet, die sich gleich durch den Schnee wälzen wird, genau auf sie zu. Ihre Gesichter werden glühen, ihre Kleider werden Feuer fangen, sie werden schmelzen. Etwas Heftiges wird sich ereignen, und sie werden es teilen. Er hält sie fest, presst seine Lippen in ihr dunkles, weiches Haar.

Der Vulkan grollt und alle horchen sie gespannt: die Pilger und die Soldaten, auch der alte Mann im weißen Baumwollhemd eines *campesino*, der mit seinem Bauchladen neben ihnen in der Kälte steht und lauscht, als wäre die Stimme des Riesen eine Kostbarkeit, als dürfe kein Laut ihm entgehen. Ob sein leises Grollen sich zum Getöse steigern und das Maß des Alltäglichen überschreiten wird? Vom Nervenkitzel in die Katastrophe, von der Lust in die Tragödie, vom Gebet in den Tod ist es nur ein kleiner Schritt.

Auf der Fahrt bergab sind sie noch immer schweigsam. Als der dichte Nebel endlich abreißt, halten sie an. Ungetrübtes Sonnenlicht empfängt sie, tief blau erscheint der Himmel zwischen den Baumkronen. Sie hockt sich zwischen die Waldriesen, er pinkelt ein Stück von ihr entfernt im Stehen. Dampf steigt entlang der Rinnsale auf. Wie mickerig sie aussieht, denkt Isabel, diese schmale, über den trockenen Waldboden dahin laufende Spur, schon ist sie versickert. Da bemerkt sie, dass sie taub ist. Die Stille hat ihr Gehör verschluckt, kriecht in ihren Mund, legt sich auf ihre Zunge, breitet sich fühlbar über ihrem Gesicht aus. Nicht ein Tier wagt die Lautlosigkeit anzugreifen. Die Luft ist so leicht und durchsichtig, als würden die dicken Rinden der Bäume sie verströmen. Zwischen ihren mächtigen Stämmen wächst gelbes Gras wie schütteres, uraltes Haar. Isabel streckt vorsichtig ihre Hände aus, berührt einen Baum, erstaunt, fast erschrocken darüber, dass sich seine Rinde auch wie Rinde anfühlt – so sehr scheint dieser Wald in einer anderen Zeit zu stehen, und als wären Jan und sie, die Pilger, der Mann mit dem Bauchladen, die Soldaten, die Fahrzeuge, Fahrräder und Gewehre, der Altar und die Wegzeichen, aus einer ungewissen Zukunft Gefallene, die, nach langem Sturz, in einer Zeit vor ihrer Zeit zu sich kommen.

Sie erhebt sich. Kalte Luft kriecht ihr unters Hemd. Ich bin da, ich bin da, will Isabel ihr antworten. Dann sieht sie ihn. Die Wolken reißen auf und geben den verschneiten Kraterrand frei. Scharf zeichnet sich seine Kontur gegen den unwirklich blauen Himmel.

Sie fahren durch die Ebene. Unmerklich wird der mächtige Berg hinter ihnen kleiner, bis die Dämmerung ihn endlich verschluckt. Isabel schaut durch die Heckscheibe.

»Ich kann ihn noch immer sehen.«

Jan, mit einem Blick in den Rückspiegel: »Er lässt uns nicht aus den Augen.«

»An seinen Hängen haben die Spanier zahlreiche Klöster errichtet.«

»Um zu beweisen, wer der Stärkere ist?«

»Unglaublich, ich kann ihn noch immer sehen.«

Obwohl es rasch dunkel wird, wechseln sie nicht auf die *cuota*, eine gut ausgebaute Mautstraße, sondern folgen einer immer kurvigeren Landstraße. Feuer brennen entlang der Straßenränder, die Luft ist rauchverhangen. Schweine, Ziegen, Kühe, Esel, Pferde stehen in den Gräben oder mitten auf der Fahrbahn, reglose Projektionen auf nachtschwarzer Leinwand. Schwarze Hütten, schwarze Menschen. Sie bewegen sich langsam. Ihre von harter Arbeit und Hitze erschöpften Körper sind eine Last, im Schlaf wird sie von ihnen abfallen.

⁘

Detonationen. Zwischen den Entladungen Hundegebell, ein vielfaches Echo wie aus Schluchten. Und Momente von Stille, die ebenso vervielfacht klingt. Ob sie sich lieben in dieser Nacht? Nichts scheint sie zu umgeben außer einem Bett und Fenstern, und auch diese sind nur angedeutet auf der Bühne der Nacht. Ein Eisenbett, ebenso geschmiedet sind die schwarz lackierten Fenster- und Türriegel, aufwändige Mechanismen ineinander greifender Scharniere, Angeln und Ösen. Erneute Explosion. Ein

Widerhall von anderer Seite. Wer zündet da und sprengt mitten in der Nacht? Vier Augen glänzen in der Dunkelheit, Hände suchen Berührung. Isabel weiß nichts von dem Ort, an dem sie sich befindet. Auch Jan atmet eine Luft, die von ihm nichts weiß. Er lauscht dem Hundegebell, den Erschütterungen, dem vielfachen Echo der Stille. Keine Erinnerung verknüpft sich mit diesem Ort, keine Geschichte mit diesem Zimmer, dieser Nacht. Vielleicht schenkt dieser Raum aus Großzügigkeit seinen Gästen kaum Farbe und Kontur, belässt sie sprachlos und weich. Ob sie sich lieben in dieser Nacht?

Beim Frühstück lassen sie sich Zeit, blättern in ihrer Reiselektüre.

Die Hauptstraße auf und nieder hocken die Silberschmiede in ihren ordentlichen kleinen Werkstätten und klopfen emsig an Spangen und Ohrringen herum. Jeder Weiße wird mit einem Schwall unreflektierter Wörter in primitivstem Englisch angesprochen. Er bleibt stehen, schaut und kauft. Diese Straße, diese Läden, diese Waren sind für die Durchreisenden und die Naiven bestimmt, so wie die Auslagen auf Capri für die Sonntagsschweizer …

Doch Taxco zeigt sich ihnen anders an diesem Morgen als der Mexikoreisenden Sybille Bedford rund sechzig Jahre zuvor. Die viel besuchte Silberstadt wirkt von den üblichen Touristenströmen im Stich gelassen. In den gepflasterten Straßen und Gassen um die überschwänglich verzierte Hauptkirche San Sebastián y Santa Prisca stehen Händler stumm inmitten ihrer Silberberge. Beschürzte Wirte warten vor den Restaurants auf Gäste. Die Silbergeschäfte, die *platerías*, sind noch geschlossen. Laut Reiseführer sollte es zu dieser Jahreszeit nicht regnen, doch tiefgrau liegt der Himmel auf der Erde, im Sprühregen glänzen Taxcos Straßen rein gewaschen.

Sie gehen zum Markt. Als hätten Bulldozer Gebäude und Gassen gewaltsam ineinander geschoben, das Äußere dabei nach innen gestülpt und das Innere nach außen, führen schmale Pfade treppauf, treppab durch ein mehrstöckiges Labyrinth. Jeder Winkel, jeder Absatz und jeder Vorsprung werden genutzt. Regenwasser tropft zwischen farbigen Plastikplanen hindurch. Unter den eilig gespannten Dächern erscheint die Welt in buntem Licht. Die Marktstände quellen über, die Köpfe der Händler und Kunden tanzen in ihren Wogen. Von geschickten Händen geführt, fliegen Messer durch die Luft, hacken Knochen entzwei, ziehen Häute ab, durchstoßen Schalen, schneiden in Stücke, spießen auf, trennen Köpfe von Leibern, fahren in Eingeweide, wirbeln durchs Fruchtfleisch. Die heftigen Gerüche verschlagen ihnen schier den Atem. Isabel greift nach Jans Hand, und mit der Berührung kehrt die vergangene Nacht zurück. Bilder des Marktes und Bilder der Lust, als tanze ein ungleiches Paar federleicht auf eine leise Musik.

Blassrosa Welt aus Steinen. Dornen. Trockenheit. Schwarze Kreisbewegung am gipsigen Himmel, flatternde Leichentücher, schillernde Mäntel der Kadaver: Die Zopilote stoßen ihre krummen Schnäbel mechanisch ins Aas, zerren wütend am Fleisch. Blutige Federn verkleben die Fahrbahn. Zu hungrig, um ihre Mahlzeit zu unterbrechen, zu schwerfällig, um rechtzeitig aufzufliegen, teilen sie häufig das Schicksal derer, die ihnen als Nahrung dienen.

»Anstatt es den Göttern zu opfern, haben die Geier das Eselsherz herausgerissen und es gefressen«, empört sich Isabel.

Einen toten Esel zu sehen ist eins. Zu sehen, wie er zerfetzt und verschlungen wird, ein zweites. Angewidert schließt sie das Fenster und Jan beschleunigt.

»Nicht gerade ein Wandererparadies«, bemerkt er nach einem Blick in die verdörrte Natur.

»Ist der Esel aus den Dornen gekommen, um auf der Straße zu sterben?«

»Hat sich vielleicht verlaufen, irgendwo losgerissen. Seine Freiheit gesucht, eine Eselei!«

»Und jetzt wird das Arbeitstier vermisst. Armer Esel, arme Menschen, denen der er jetzt fehlt.«

»Arme Geier, sie werden nicht lange von ihm satt.«

»Apropos, Jan …«

»Schon wieder Hunger?«

»Die paar Rühreier heute morgen …«

»Aber geschmeckt haben sie dir. «

»Das ist es ja. Vor allem die Bohnen, hm!«

»Wie wäre es mit tacos mit gebratenem Hähnchen?«

»Du bist grausam.«

»Nein, ich versuche nur, dich zu verstehen.«

»Tacos con pollo, du hast mich verstanden.«

Wenn Isabel isst, denkt und fühlt sie nichts weiter. Das Glück liegt im Essen. Auf dem Teller vor ihr. Auf ihrer Zunge. Glück zwischen ihren Zähnen. Glück wohlig in ihrem Bauch. Auch des Glückes Beigeschmack, sollte es einmal nicht vollkommen sein, nimmt seinen Weg über den Gaumen, belegt die Zunge mit Bitterkeit. Wie einfach das Leben ist, wie einfach Isabel ist! Während sie isst, wird alles andere nebensächlich. Nicht einmal Jan, der ihr staunend zuschaut, behält seine Wichtigkeit. Vergangenheit, Gegenwart und Zukunft werden eins beim Biss ins Fleisch, ins duftende Brot, in die süße Frucht, den schmackhaften Käse. Er kennt keine, die so unbekümmert und doch hoch konzentriert isst wie Isabel.

Wie anders sie darin ist als Caroline, erinnert er sich. Caroline, die sich gegen Nahrung sträubt, die Hungergefühle als Schwäche betrachtet. Sie dominiert ihren Hunger und nicht umgekehrt. Wenn sie nicht essen will, isst sie nicht. Ihr magerer Leib dient ihr zum Beweis ihrer Willenskraft. Sie genießt die Bewunderung, die ihre ungewöhnlich schlanke Erscheinung hervorruft. Der Hunger überfällt sie mitten in der Nacht. Sie hat niemals Lebensmittel im Haus. Manchmal findet sich dann doch ein Rest. Jedenfalls eine Zigarette. Dazu Wein. Oder Kaffee. Und ihr Hunger gibt sich betäubt geschlagen.

Dabei kocht er leidenschaftlich gern. Er liebt es, wenn seine Finger Fischgeruch annehmen, nach rohem Hühnerfleisch, frischen Kräutern duften, nach Schalotten, rosa Knoblauch, Chili, wenn sie würzig schmecken, salzig, scharf. Glückselig lässt er auch die Gäste an seinen Händen schnuppern. Er kocht ausgezeichnet, richtet die Speisen wirkungsvoll an wie Kunstwerke. Doch nach zwei Bissen zündet Caroline sich eine Zigarette an und schaut darüber hinweg.

Ihr Glück liegt nicht in ihrem Körper. Es liegt in ihren Augen. Beim Anblick des toten Esels wäre sie ausgestiegen und hätte ihre Kamera gezückt. Ihr Profiblick hat Jan entblößt und ihn abhängig gemacht von ihrem Urteil.

Isabel reicht ihm die Wasserflasche.

»Vorsicht, schön warm.«

»Lieber nicht.«

»Du verpasst nichts. Es schmeckt scheußlich.«

Die Route steht fest. Die nächsten zweihundert Kilometer gehen einfach geradeaus. Die Karte auf ihrem Schoß dient allein ihrer

Unterhaltung. Sie buchstabiert Ortsnamen, die sich mit keiner Vorstellung verbinden und lacht, weil sie sie nicht aussprechen kann.

Jan schaut nach vorn, in einen schweigsamen Dialog mit der Straße versunken. Der Himmel ruht auf dornigen Säulen. Stachlige Finger überziehen die Berghänge. Auf den bleichen Pfeifen der Kakteen spielt das Licht Sätze der Stille und Reglosigkeit. Weißblühende Büsche, liebliche Irrtümer, singen dazu zärtliche Lieder.

Gerade will sie etwas erzählen, etwas, das ihr beim Anblick der meterhohen Fingerkakteen in den Sinn gekommen ist. Eine Erinnerung, mit der sie kokettieren könnte. Etwas locker daher erzählen, um die Zeit zu vertreiben. Eine Fahrt durch die Wüste lädt zu solch ahnungslos bedeutsamen Geschichten geradezu ein.

»Robert ist aufs Land gezogen«, ihre Stimme klingt träge. »Schon möglich, dass er in der Einöde besser komponieren kann. Aber was soll *ich* da?« rätselt sie zerstreut.

Die Erwähnung von Roberts Namen genügt, und Jan umfasst das Lenkrad, als gehörten seine Hände nicht länger dorthin, als wäre es plötzlich unerwartet heiß. Sie bemerkt es und entlässt eilig ihre Geschichte in die nutzlose Kakteenlandschaft, die die Transitstraße so scharf durchschneidet, als käme man nie schnell genug von A nach B, von Mexico-Stadt nach Acapulco.

Kein geeigneter Moment und auch keine geeignete Kulisse, um sich in die verschlafene französische Provinz zu versetzen, wo abends als einziges Zeichen von Leben das blaue Fernsehlicht in schwarzen Fenstern flackert. Aus dem Nichts heraus springt eine Stadt sie an, springt in ihre Augen, in ihre Eingeweide, sodass sie nicht weiter erzählen kann.

Sie stürzen aus der einen Welt in eine andere, fallen aus karger Bergwelt in ein neues, gänzlich anderes Bild, die Landkarte will es so.

Bis zur Hüfte stehen Männer in schlammigem Wasser, heben einen Graben aus. Ihre nackten Oberkörper glänzen, von den Schaufeln fließt Erde. Haltlos versinken die Gebäude im Asphalt. Zu einem einzigen Leib verschmolzen, winden sich die Autos durch die Häuserschlucht, und Jan und Isabel winden sich mit. Hinein in eine Stadt, die ein Dschungel ist, der wuchert, gammelt, modert, schwitzt. Hitze treibt die Fruchtbarkeit an und die Verwesung. Bleibt keine Zeit für Überlegungen. Höllisch wach, schlafwandlerisch verloren die Menschengesichter. Irgendein Gott hat diesen Erdflecken erschaffen und ihn armen Geschöpfen überlassen, damit diese hier ihr Glück versuchen. Doch das Glück flieht, lässt seine Jäger beraubt zurück. Wo es einmal geblüht hat, gedeiht es nicht wieder. Vielleicht einen Steinwurf weiter. Also hin, das Glück wieder jagen und wieder!

Zettel flattern ins Wageninnere, landen auf ihrem Schoß, bedecken ihre Knie, bis Isabel schließlich bis zum Bauchnabel in Zetteln sitzt. Noch während Jan die Scheiben schließt, flattern Zettel herein, als wäre das Fahrzeug ein Briefkasten. Immer wieder klatschen Hände gegen die Fenster, pressen sich Nasen an der Scheibe platt, drängeln sich Lippen am rasch kleiner werdenden Fensterspalt, brüllen: »Come here, come here!«, und »Very good, need a hotel?« Poltern mit Fäusten aufs Autodach. Einer reißt die Tür auf, packt Isabel am Arm. Sie schreit, er zerrt weiter. Jan tritt aufs Gas, der Wagen macht einen Satz nach vorn. Ihr Verfolger stolpert und flucht: »Cheap, cheap!«

Sie sitzen nicht im Auto, sie sind Gefangene im Käfig, den hungrige Hände befingern. Erneut stürzen Männer auf das Auto zu, trommeln gegen die Scheiben, als hinge von diesem Fang ihr Leben ab.

»Ist das Acapulco? Und die berühmten Strände?«

Wieder rüttelt einer an der Tür, brüllt einen Namen, weist hektisch auf einen Eingang zwischen gewaltigen Pobacken aus Pappmaché. Zwei Gebäude weiter erscheinen die dazugehörigen Riesenbrüste. Dann die Pfoten einer Sphinx, gold lackiert, zwischen ihnen ein haushohes Tor, das stumpf blickende Türsteher bewachen. Auf der anderen Seite tanzen drei Teenager auf gewaltigem Tresen wie entfesselte Roboter, und niemand ist da, um sich von ihnen mitreißen zu lassen. Zwei Mädchen nuckeln verschworen an Strohhalmen, finster entschlossen, bei nächster Gelegenheit zuzugreifen. Als würde das Leben gleich morgen früh seine Pforten schließen. Als gälte es rasch, um jeden Preis, noch hinüber zu schlüpfen. Als würden die Zurückgebliebenen zu Toten erklärt. Natürlich würden sie ihre Geschäfte weiter betreiben, mit Zetteln winken, gegen die Scheiben klopfen, brüllen, singen, tanzen, saufen, vögeln, hungern, fröhlich sein. So wie jetzt.

Ich sinke, fühlt Isabel, nichts wird mich halten. Hat er sie hierher geschleppt, um ihr *das* zu zeigen? Ist ihm klar, dass es Dinge gibt, die man nie wieder vergisst?

Isabel reibt sich die Augen. Doch anstatt sich zu beruhigen, stürzen die Bilder weiter auf sie ein.

»Wo ist das Hotel?« Jan ist fix und fertig. »Schau in den Stadtplan. Kannst du mich lotsen?«

»Ich?«

Benommen kramt sie nach dem Reiseführer, blättert, kann nichts entziffern. Die Liste der Hotelempfehlungen verschwimmt vor ihren Augen. Er bremst vor irgendeiner Pension.

»Ich habe keine Lust mehr. Bin todmüde. Frag, was ein Zimmer kostet. Aber schau es dir an.«

Isabel hört eine Zahl. Sie sieht einen vor sich hergehen, hört einen Schlüssel im Schloss. Sie sieht eine Hand, die ein Laken zurückschlägt. Es ist ja nur für eine Nacht.

Er hat sie verführt, weit mit ihr zu gehen. Die Weite ist kein unbeschriebenes Blatt, nicht glatt, nicht neutral, nicht unparteiisch. Jeden ihrer Atemzüge färbt sie ein, bestimmt das Gemisch in ihren Lungen. Kinder lassen Drachen steigen, kleine papierbespannte Holzkreuze an langen Schnüren. Schwarzborstige Schweine hoppeln durchs gelbe Gras. Er hat sie verführt, weit mit ihr zu gehen, ins Unbekannte. Es ist nicht glatt, nicht unbeschrieben, nicht neutral. Am Straßenrand kaufen sie Corona und eine Packung Cracker, die Fahrt ist lang. Mit Jan. Mit wem? Mit Jan. Sie verführt, mit ihm zu sein. In der Weite, in der Verführung, im Unbekannten. Ein Transporter mit einer Kuh. Weich drückt sich ihr Fleisch gegen die Gitterstäbe. Immer wieder verlagert die Gefangene ihr Gewicht, um nicht umzufallen. Dicht folgt Kurve auf Kurve, sodass sie den Transporter lange Zeit vor sich haben, ohne an ihm vorbeizukommen. Geht es um dieses Land? Um die Erde? Sie zu verlassen, um den Flug? Geht es um Ankunft, um Berührung? Was treibt ihn, treibt sie? Im Autoradio läuft ›Jingo‹ von Santana. Wie es machen, dass diese Worte klingen: Die Welt ist groß? Die Welt ist groß! Sie ist mit ihm auf einer ihrer Schwellen. Topes, künstliche Wellen im Asphalt, zwingen die herandonnernden Busse, PKWs und Lastwagen, vor Siedlungen abzubremsen. Oder steht der Bananenverkäufer jetzt an diesem Flecken, weil hier ein tope ist? Er hat sie verführt, mit ihm zu gehen. Hineinzugehen, nicht stehenzubleiben. Über die Grenzen. Nicht zu denken, fühlen am Rand. Hineinzugehen, weit. Von den palmengesäumten Küstenstreifen und den grünen Oasen der Flussläufe führt die Straße immer wieder durch einsames, dürres Hügelland.

Geräusche im Ohr. Leben, das sich irgendwo abspielt, näher oder weit weg. Sie ist wach, lauscht mit geschlossenen Augen der fremden Tonspur. Ihre Arme, ihre Brüste, ihr Bauch sind nackt, wie sie nach kurzem Betasten feststellt, ihre Beine verschwinden unter leichtem Laken. Die Luft im Zimmer ist so weich wie Haut, so warm und feucht, dass sich die eigenen Umrisse leicht in ihr verlieren. Sie entdeckt einen zweiten Körper neben sich in unscheinbarer Berührung. Ohne sich zu bewegen und zu tasten, weiß sie nicht, wo sie anfängt, wo sie endet, versteht sie nicht, wo sie ist.

Isabel hält ihre Augen geschlossen, zögert, ihre Hand zu bewegen, die Klinke hinunterzudrücken und die Tür langsam oder mit einem entschlossenen Ruck zu öffnen. Jenseits ist der Tag, doch sie verharrt unschlüssig in seinem lichtlosen Nebenzimmer. Wie oft hat sie gezögert hinüberzugehen. Sie ist einfach liegen geblieben, ohne den Wunsch, wach zu werden, mit zwei, drei entschiedenen Atemzügen die Lungen zu füllen und sich zu rühren. Sehen, was kommt und sehen, was ausbleibt. Aber lieber als über die Schwelle in den Tag ist sie rückwärts gegangen, ist kleiner und kleiner geworden, bis das Zimmer ihr immer größer erschienen, das Haus ins Unendliche gewachsen, sie selbst ins Unendliche geschrumpft ist. Dieser Wunsch einzulaufen wie Alice, bis an die Grenze ihres Verschwindens. Oder zu wachsen und zu wachsen und schließlich als Riesin unter Zwergen zu leben. Einfach die Größenverhältnisse ändern und alles um sie herum würde zum Staunen gewaltig oder zum Lachen klein sein.

Auch ohne von einem sagenhaften Pilz gegessen zu haben, fällt Isabel nicht mehr ein, wo sie ist. Auf dem Weg zu diesem fremden Ort ist ihr Gepäck verlorengegangen. Ihre Erfahrungen zählen nicht mehr. Oder kommt es jetzt ganz besonders auf sie an?

Und der Körper neben ihr? Ganz leicht geht er durch die Türen, verlässt einen Raum und betritt den nächsten. Mühelos, unbekümmert. Auch leichtsinnig, rücksichtslos. Manchmal aus nackter Gier. Oft versehentlich, absichtslos. Ein spielendes Kind ohne Sinn für Gefahren, frei von Verantwortung. Voller Einfälle und Neugier, Staunen und Schrecken, weil das Kind anzettelt und anzettelt, ohne das Provozierte wirklich kommen zu sehen.

Sie sitzt auf der Bettkante, bestaunt den Schlafenden, seinen vertrauensvoll ausgestreckten Körper.

Kurze Zeit erst ist er in ihrem Leben. Eine Einladung bei gemeinsamen Bekannten, ein Kinobesuch. Sie landen in seiner Wohnung und kommen nicht wieder voneinander los. Sie verheimlichen ihre Geschichte, und checken ihre Koffer ein wie Diebe. Kurz vor Abflug überkommt beide Nervosität, die sich steigert mit jeder Sekunde, mit der ihr gemeinsamer Absprung näher rückt. Im Schnelldurchlauf lassen beide ihr Leben Revue passieren, malen sich aus, was ihre Flucht nach sich ziehen könnte: Sie würden nicht mehr genau derselbe Mann und dieselbe Frau sein, die jetzt erwartungsvoll ihre Pässe vorweisen. Auch die anderen, ihre Freunde würden sich in ihrer Abwesenheit verändern, bis zu ihrer Rückkehr würde sich ihre Geschichte herumgesprochen haben, nicht jeder würde sie begrüßen. Zwischen Dutyfreeshops, Schnellrestaurants und Cafés verliert das Paar sich aus den Augen. Als sie wieder nebeneinander auf einem Rollband stehen, telefoniert Jan mit seinem besten Freund, erklärt ihm, wie mit seiner Asche zu verfahren sei, als rechne er damit, nicht lebend zurückzukehren. Auch Isabel hat Sehnsucht nach einer vertrauten Stimme. Doch Robert ist tabu. Der Sog, sich dem anonymen Fluss der Reisenden zu überlassen, ist glücklicherweise stark. Erst als sie nebeneinander im

Flieger sitzen, die Bremsen sich lösen und sie Richtung Startbahn schaukeln, greift Jan nach ihrer und Isabel nach seiner Hand, fiebrig verschwitzt.

Dem Spiegel fehlt eine Ecke, das Waschbecken ist mehrfach gesprungen und geleimt. Die Ablage ruht auf messerscharfen Aluminiumleisten. Einige Kacheln sind gerissen, manche Fuge leer. Der Duschvorhang ist ergraut, die Klobrille lose, die Handtuchhaken sind an ihren schwächsten Stellen abgebrochen. Zusammengenommen wirkt das Badezimmer wie ein unvollständiges Puzzle, das man mit fremden Puzzleteilen notdürftig ergänzt hat. Nichts weckt hier Begehrlichkeit, Lust, es mitgehen zu lassen oder es zu zerstören. Es ist, wie es ist. Es könnte anders sein, heiler, hübscher. Doch egal. Im Gegensatz zu Isabels Welt zuhause, in der jedes Detail seine exakte Bestimmung, seinen genauen Wert besitzt. In der kleine Verrückungen schon Unruhe stiften, geringe Schäden gar das Gefühl von Sinnlosigkeit auslösen. Wo Defekte umgehend repariert werden, Fehlendes ersetzt wird. Eine Welt, in der alles auch genau so gemeint ist, wie es aussieht, der Schein so stark ist, dass mögliche Widersprüche hinter ihm verschwinden.

Isabel schiebt den Vorhang einen Spalt zur Seite. Draußen ist es unermesslich hell. Sie wirft einen Blick zu dem nackten Mann hinüber. Ein leichtes Zucken durchläuft seinen Körper, das Geräusch des Vorhangs hat ihn im Schlaf gestört.

Jan setzt seine Füße in Abdrücke, die ein anderer im Sand hinterlassen hat und geht, als wäre es der einzige Weg, ihm hinterher. Er konzentriert sich auf die Fußsohlen des Fremden, bis dessen Schritt zum eigenen Schrittmaß wird, errät dessen Gewicht, erfühlt dessen Tempo, ob er ruhig vor sich hin geht oder nervös, ob er ein Ziel hat, er erwartet wird, ob er allein geht oder einer neben ihm her, ob er hüpft oder hinkt, spricht oder schweigt. Jan erahnt seine Motive, hell, dunkel, durchschaut den Grund für seinen Gang. Er geht hastiger, beschleunigt, holt seinen Vorgänger ein. Jetzt hat er ihn, sie bewegen sich im selben Takt. Fremdes Blut pulst jetzt durch seine Ohren. Jan hört das Murmeln schamloser Gedanken. Der Fremde spinnt sie ohne Punkt und Komma, rücksichtslos, unzensiert, als habe er sich keinem zu erklären, sich niemals zu rechtfertigen, als ließe er seinem Willen, seinen Begierden freien Lauf, als kümmerten ihn nicht die Folgen, hielten weder die Aussicht auf Schmerz noch auf Strafe ihn zurück. Sein Atem geht jetzt schneller, das Herz pocht wild. Wer ist er? Gleich wird Jan zum Zeugen. Was wird er tun? Jan ist ihm auf den Fersen, sein Herz pocht stürmischer, gefährdet die heimliche Verfolgung. Gleich wird der Fremde sich umdrehen und Jan gesichtslos ins Gesicht sehen. Genau in diesem Moment verliert er ihn aus den Augen, endet die heiße Spur in einer Fülle anderer Spuren. Hunde haben hier gebalgt und den Sand mit ihren Körpern aufgewühlt. Sie knurren unweit von ihm entfernt, schnappen einander nach der Kehle. Hässliche Hunde, stinkende Hunde, beißwütige Tiere, die nichts zu verlieren haben. Ihre Wunden, ihr Hunger, ihr Tod bekümmern niemanden. Verletzt, ungeliebt werden sie irgendwo verenden. *Denk doch bloß mal nach, Niño Luis, denk mal, wenn die Hunde sich aneinander erinnern würden, stell dir bloß mal vor, was dann passierte.*

Er ringt nach Luft, als wäre er um die Wette gelaufen, um sein Leben, kneift seine brennenden Augen zusammen. Diesmal ist er seinem Wegbereiter wirklich nahe gekommen, hätte ihn fast erkannt, einen Komplizen in ihm gefunden oder einen Gegner. Er hätte ihn gestellt, ihn überzeugt oder unschädlich gemacht. Spuren folgen. Sich fremd werden. Näherkommen. Als Fremder.

Seine Fußspur in eine vorgefundene, irgendwann oder gerade, in diesem Augenblick im Sand hinterlassene einfügen. Die Abdrücke nehmen jeden Schritt auch ein weiteres Mal auf, verformen sich mit jedem neuen Abdruck, verbreitern sich zum Pfad, bis die Spur verwischt. Sich erinnern und vergessen. Seine Schritte einfügen und vergessen, dass jeder Schritt eine Wiederholung bedeutet. Ungezählte Schritte im Laufe eines Lebens, unzählige Wiederholungen im Laufe eines Lebens.

Einzigartig, unverwechselbar wollte er sein. Er hat sich betäubt. In alle Richtungen, blind ist er, immer schneller ist er gelaufen. Er hat andere mit sich gerissen, ist gestrauchelt mit ihnen und gestürzt. Geschwindigkeitsrausch in der Arbeit, in der Liebe, am Steuer. Selbst im Denken hat er immer zwei, drei Stufen auf einmal genommen. Auch Gefühle werden übergangen, eigene und die Gefühle anderer, und dann: Stechen in der Brust. Bluthochdruck. Immer mal einen Gang herunterschalten, legt sein Arzt ihm ans Herz, Sie riskieren Ihre Gesundheit, Ihr Leben.

Seine Schritte einfügen, nicht neu beginnen, nicht hoffen, nicht enden, gehen. Spuren hinterlassen und, schneller noch, sie wieder auslöschen. Gehen: Erinnerung durch Bewegung, Gedanken durch Handeln, das Gedächtnis ersetzen durch Gegenwart.

Sein Vorgänger ist ihm entkommen. Ein weiteres Mal. Jan ist ihm entkommen. Er wird weitergehen müssen, allein, weiter einen Fuß vor den anderen setzen. Das bleibt sich, vom Weg unabhängig, gleich. Einen Fuß vor den anderen, unabhängig von

Weg und Ziel. Was spielt es für eine Rolle, wie schnell er vorankommt, ob überhaupt? Ob er seine Schritte auf originelle, bestürzende Weise setzt? Wie kraftvoll, wie selbstbewusst er auftritt? Er macht keine größeren Sprünge. Von außen betrachtet durchaus, aber was bedeutet das schon, ›von außen betrachtet‹? Wozu höher springen, weiter, Pirouetten drehen in der Luft?

Einen Fuß vor den anderen, ob da bereits wer geht, geschickter, ausdauernder als er selbst. Ob er Spuren vorfindet, an denen er sich misst, ob sie fremd sind oder eigen, ändert nichts daran. *Im Weg ist immer noch ein Weg.* Wer sagt, er komme voran oder er komme eben nicht voran, er bleibe zurück, merke nicht, wie die Welt ticke? Immerhin sind es meine Füße, denkt Jan, ob da schon einer war oder nicht, ob ich es selbst gewesen bin, gewesen sein werde oder nicht. Schritt für Schritt. Spuren folgen. Mir fremd werden. Näherkommen. Als Fremder.

Jan zurück auf Anfang. Ausgangspunkt für eine weitere Runde im Kreis. Um da wieder anzulangen, wo ihn der Mut gründlich verlässt, der ihn auf die Verliererseite treibt, unumwunden tiefer, endgültiger hinein in seine Nacktheit. Das Gefühl der Nacktheit würde ihn nach seiner letzten Reise mit Caroline nie wieder ganz verlassen. Eine halbe Reise ja nur, zurück flogen sie getrennt im Schamgefühl ihrer Niederlage, Caroline ihm zwei Tage voraus.

Jan zurück auf Anfang. Vor sich ein Weg, den er schon einmal zurückgelegt hatte. Vor ihm eine Strecke, die einst im Desaster endete. Fünftausend Kilometer im Mietwagen auf mexikanischen Straßen, Pisten, Autobahnen werden sie zurücklegen, einige Meilen davon auf der legendären Panamericana zwischen Alaska und Feuerland.

Doch dieses Mal streckt er von Anfang an die Waffen. Einmal will er weiterkommen, über den toten Punkt hinaus. Er wird nicht versuchen, sich selbst zu übertrumpfen, nicht noch einmal heller zu leuchten, Isabel zu blenden mit dem verführerischen Phantom eines Mannes, dem alles zuzutrauen ist, dessen Erscheinung Respekt einflößt, Sehnsucht weckt, Verlangen.

Ich will nicht länger die aufgeblasene Figur sein auf der Flucht vor dem kleinsten Nadelstich. Meine Originalität, oder was ich dafür gehalten habe, die Originalität, die andere in mir gesehen, aus mir gedeutet, von mir gefordert haben, hat mich arm gemacht. Ich kann die Welt nicht neu erfinden, kann sie nur entdecken. Sie lieben! Gemeinsam mit dir, Isabel!

Stopp, Jan, nicht jetzt. Deine Gedanken würden sie misstrauisch machen, sie irritieren, sie kränken.

Isabel! Immer den Spuren im Sand nach, hat er sich schrecklich weit von ihr entfernt. In seiner Hast rempelt er einen kleinen Mann an. Ein schwarz glänzender Haarschopf weicht Jans grauer Mähne. Erschrocken über die plötzliche Berührung mit dem Fremden zieht Jan den Kopf ein.

Die Nächte bringen keine Abkühlung, die Morgenstunden keinen neuen Tag. Isabel hat kein Zeitgefühl, sie fühlt sich leicht und unbeschwert, geradezu durchsichtig, als wäre es das Normalste auf der Welt, als hätte sie nie anderes getan, sitzt Isabel unter dem Palmdach des kleinen Strandrestaurants, an dem sie und Jan in diesen Tagen frühstücken. Im Augenblick sitzt sie allein da, er ist losgezogen, eine Runde drehen. Vor ihr auf dem Tischchen: Reiselektüre, Stifte und ein Notizbuch. *Mantequilla* heißt Butter, notiert sie. Alles schmeckt, riecht, heißt in Mexiko anders als zuhause. Alles erscheint ihr leicht im Schatten der Palapa, auch dank des Mädchens, vielleicht zwölf, vielleicht vierzehn, mit stramm geflochtenen Zöpfen, das Isabel so sanft und aufmerksam bedient, dass es bei der deutschen

Touristin mit den frischen Spuren glühender Sonne auf der hellen Haut schon fast als Zärtlichkeit ankommt.

»¿Algo más?«

»Un zumo de naranja, por favor.«

Kaum die neuen Wörter vorsichtig ausgesprochen, trifft das Gewünschte schon ein und ein Glas Orangensaft steht vor ihr auf dem schief im Sand steckenden Tisch. So selbstverständlich, als wäre dieser Augenblick gebahnt, von langer Hand für sie vorbereitet. Isabel nimmt Platz in einem bereits vorhandenen Bild: eine Strandbude mit sieben, acht kleinen Tischen im Sand und eine weitere Handvoll von Tischen in der gezimmerten Bude auf Planken. Isabel passt ins Bild, ist Teil des Puzzles, von innen wie von außen betrachtet, ist sie Teil des Ganzen. Sie stößt nicht an und nichts ist ihr anstößig. Sie genießt die Stimmigkeit, in ihrem Leben so rar. Dabei könnte es so einfach sein. Und hier ist es so, in diesem Augenblick, ganz einfach und leicht.

Während des Frühstücks kommt ihr der Einfall, dass alles, was sie schluckt, im Magen wieder zu seiner einstigen Gestalt zurückfinden würde. Das Rührei wäre als rohes Ei in der intakten Schale, der Fruchtsalat als ganze Ananas, als einzelne, unversehrte Banane und Melone durch ihre transparente Bauchdecke erkennbar. Der Kaffee kehrte in den Becher, die pürierten Bohnen in ihre Hülsen zurück – Isabel birgt ein Stillleben in ihrem Bauch! Sie sieht es deutlich vor sich, eine köstliche Schwangerschaft. Sie muss lachen, das Mädchen lacht mit ihr.

Es ist jetzt so hell, als würde es nie wieder dämmern, nie wieder Nacht. Als kämen die Fischer am Ufer an, ohne im Morgengrauen hinausgefahren zu sein. Als pendelten die Boote immer nur wenige Meter vor und zurück, als wären ihre hölzernen Bäuche immerzu mit Doraden und Schwertfischen gefüllt. Als würden die Fischer ohne Unterlass ihren Fang abladen, Fisch um Fisch an der Schwanzflosse gepackt durch den Sand schleifen. Als würden die Fischmetzgerinnen auf sie warten, ohne sich von der Stelle zu rühren, bereit, die Häute von silbernen Schuppen und die Leiber von den großen, schweren Köpfen zu befreien. Als würden die schwarz-gelben, kreisrunden Augen des immer gleichen, verzweifelten Tieres ein letztes Mal die Welt erblicken, Auge in Auge mit seinem Schlächter. Als ginge das Feuer nie aus, als wäre das Fett immerzu heiß, nähme die Pfanne das Filetstück in Empfang, das gleichzeitig, Teil des noch lebendigen Fisches, im Meer schwimmt. Gefangen, getötet, gebraten und verzehrt, und gefangen, getötet, gebraten und verzehrt, und gefangen, getötet ... Als wären die Menschen dazu geboren, auf umgestülpten Kisten zu sitzen und zu essen und der Gitarrenspieler, zu spielen und zu singen. Als gäbe es keine Nacht, solange einer hier sitzt und isst, spielt und singt, und es sitzt und isst, spielt und singt hier immer einer. Und immer liegen Frauen in ihren Kleidern in der Gischt, erzählen, scherzen und umarmen sich. Wie jetzt.

Die Schwertfischfilets, die gleich in Reichweite in der Pfanne brutzeln, riechen verführerisch. Ein Fisch fehlt noch in Isabels Bauchstillleben. Wo ist Jan?

Schwarze Elstern landen klatschend auf den Palmzweigen, rutschen auf dem harten Blattwerk ab, ein Rascheln wie von Papier, bis ihre Krallen Halt finden. Während sie auf- und abschaukeln, schauen sie hellwach um sich. Wieder schrecken sie auf, haben etwas entdeckt, das ihre Neugier erregt, fliegen weiter. Sie sind immer in Bewegung, um unversehens da wieder aufzutauchen, wo sie eben losgeflogen waren, um dort zu landen, wo die Zweige noch von ihrem Abflug schwanken.

Unter einer Palme sortiert eine Frau einen Stoß weißer

T-Shirts mit buntem Aufdruck, lädt sie sich auf den Rücken und zieht weiter, ihre Füße versinken knöcheltief im heißen Sand. Das T-Shirt mit dem bebrillten Gecko, das Isabel sich ausgesucht hat und das jetzt ihren unverschämt durchsichtigen Bauch verhüllt, hat bereits lange Wege hinter sich.

Er ist völlig erledigt, leert ein Glas Wasser in großen Zügen, gleich ein zweites Glas. Isabel ist vergnügt, überfällt den Vermissten mit Fragen.

»Rate mal, was ich gerade gegessen habe?«

»Warte ... Rührei mit Käse, Bohnen.«

»Außerdem?«

»Fruchtsalat.«

»Gut. Und was habe ich getrunken?«

»Kaffee. Und natürlich frisch gepressten Orangensaft.«

»So leicht bin ich für dich zu durchschauen?«

»War nicht so schwierig. Hast du geschrieben?«

»Ein bisschen, und du?«

»Ich habe mich ein bisschen verlaufen.«

»Du? Wie hast du das fertig gebracht?«

Jans Orientierungssinn ist bemerkenswert.

»Immer irgendwelchen Fußstapfen hinterher.«

»Wie ein kleiner Junge?«

»Wenn du so willst ...«

»Wie gefällt dir mein T-Shirt?«

»Ist das ein Gecko? Mit Brille! Hübsch.«

»Ich habe es von einer fliegenden Händlerin gekauft. Die wuchten hier ganze Berge davon durch die Gluthitze. Apropos. Ich habe Schwertfisch bestellt. Für zwei. Sie haben ihn vor meinen Augen aus dem Boot durch den Sand in die Küche gezerrt. Seine riesigen Augen waren noch ganz lebendig. Fast hätte ich ihn noch schwimmen sehen – und er mich. Hast du Hunger?«

✣

Die Fenster haben keine Scheiben. Eisenstäbe und Fliegengitter halten unerwünschte Eindringlinge ab, Geräusche gelangen jedoch ungehindert hinaus und hinein. Die Wäscherinnen steigen über eine steile, geländerlose Treppe zum Wäscheplatz aufs Dach. Zuletzt klettern sie entlang einer mit Flaschenscherben gespickten Mauer über eine windige Leiter. Aus der betonierten Decke ragen Armierungseisen und deuten künftige Stockwerke an. Wenn nicht ein Erdbeben die ehrgeizigen Pläne zunichte macht. Das Gebäude wirkt so leicht und luftig, als ob es auf bloßen Zuruf nachgeben wollte.

Die Schritte und Stimmen der Frauen jenseits des Vorhangs. Das Leben in den Zimmern ist für sie kein Geheimnis. Auch verlieren sie ihre Zeit nicht damit, die Flecken auf den Laken zu enträtseln. Ihre verschwiegene Gleichgültigkeit ersetzt die Geborgenheit und Intimität eines Privathauses. Laute wechseln mühelos die Seiten: Liebe, Lachen, Streit, Hundegebell, Hahnenschreie, Schritte, Wasserrauschen, Fernseher, der Straßenverkehr.

Seltsam, so offen zu liegen. Wie ein geschlachtetes Tier. Jeder kann in seine Eingeweide blicken. Das Tier kann sich nicht wehren, kann sich nicht umdrehen, sich nicht bedecken, nicht beißen, nicht fliehen. Jeder der will, kann es ›sehen‹. Die Sinne spazieren nackt und freizügig hinter locker zugezogenen Vorhängen durchs Zimmer, werfen sich aufs Bett, lassen die Beine über die Kante baumeln. Wozu sich kleiden oder zudecken? Es ist immer heiß.

Der Ventilator tanzt in schlingernder Bewegung mit der Decke, vollführt einen hektischen Liebesakt auf höchster Stufe, zerrt mit dreiflügliger Unwucht an seiner Aufhängung. Auch die Körper seiner Gäste tanzen, lieben sich, befühlen, streifen, lecken, kneten, durchdringen sich. Durstige Lippen suchen, sinken ins Fleisch, hungrige Zungen gleiten an Adern und Sehnen entlang, um in den schäumenden Höhlungen des anderen zu verschwinden.

Anstelle ihrer Ohren: große Muscheln. Die Schritte der Wäscherinnen darin, fremde Stimmen, unermüdliches Hahnengeschrei, heiseres Hundegebell; und, ganz nah, ganz nah Jans Atem, der sich in ihren Muscheln wälzt. Seine Zunge, die sie nässt mit der Ausdauer des Meeres. Eine im Sand liegende Muschel, über die die Brandung schaumig hinweg spült, sie vor- und zurückschiebt, sie aufs Trockene wirft, erneut packt und zurückzieht in den unergründlichen Meeresbauch; und Isabels Atem in Jans Muscheln, darin Spuren zärtlicher Wörter, Perlmuttsprache, schimmerndes Verlangen. Körperlose Umarmung. Die Lust hat alles Schwere und Vergängliche von sich abgeworfen, und noch immer wachsen die Muscheln, wachsen über die Umrisse ihrer Körper hinaus, überschreiten den Bettrand, strömen über den abgewetzten Boden, steigen die mit Zeichen übersäten Wände hinauf, fließen durch die Gitter nach draußen, breiten sich über den roten Fliesen aus. Die Wäscherinnen steigen über sie hinweg aufs Dach, kehren mit sonnengebleichten Laken scherzend von dort zurück. In deren Gleichgültigkeit geborgen liegen sie, die Glieder von sich gestreckt, da. Noch immer fächert der Ventilator heiße Luft über ihre schweißfeuchte Haut. Nur ihre Hände berühren sich leicht. In der Hitze versinken die Ideen, als wären Gehirn und Gedanken aus geschmolzenem Wachs, aus tropisch sinnloser

Butter. Sein Fleisch, ihr Fleisch, aufgelöst in seinem, ihrem Fleisch, versunken, untergegangen und mit leichter Hand wieder hervorgezogen, um erneut zu versinken und …

✣

Ihre nackten Füße schauen unter einem langen, verwaschenen Baumwollrock hervor. Das weiße Haar trägt sie zu zwei Zöpfen geflochten. Ihr schmales Gesicht liegt im Schatten einer ausladenden, flachen Schale, die sie auf dem Kopf balanciert. Sie geht in die Knie. Sie hätte stehen bleiben und den Namen ihrer Ware aussprechen können, locken können mit Wörtern wie *ricos, frescos, picantes.* Vielleicht hat sie es auch getan, hat höflich, schüchtern »cacahuetes muy ricos« gesagt, und Isabel hat es, vor Hitze benommen, zwischen Buchzeilen verloren, überhört, hat aufgeschaut, als ein Schatten auf sie fällt und eine Gestalt im Gegenlicht erblickt, hat versehentlich gelächelt, und die Händlerin hat ihr Lächeln als Aufforderung begriffen. Isabel hat nicht nein gesagt, und ein Mensch geht vor ihr in die Knie. Mengen von roten Erdnüssen ruhen als Missverständnis zwischen ihnen und werden Isabel zum Vorwurf. Wo ist ihr kleiner Geldbeutel? Isabel streckt ihre Hand aus in Richtung Badetasche, zögert. Die Händlerin lächelt, Isabels Gesicht verkrampft sich zur Grimasse. Sie weiß nicht, ob sie Appetit auf Erdnüsschen hat, oder ob die kleinen roten Dinger sie nicht insgeheim abstoßen. Was soll sie sagen? In ihrer Not versucht sie, die Frau zu ignorieren, die noch immer lächelt und sich nicht von der Stelle rührt. Isabel schaut abwechselnd ins Buch, kriegt keine Zeile zu fassen, schaut erneut in die große flache Schale. Widerliche Wörter, widerliche rote Nüsschen! Die Spannung ist unerträglich, endlich löst sich ihre Zunge.

»No, gracias.«

Beide Frauen schauen sich an, beide mit verändertem Blick. Das Nein hat die eine gestärkt, die andere geschwächt. Die alte Händlerin lädt die Schale auf ihren Kopf, rafft mit einer Hand ihren Rock, unterstützt mit der anderen die schaukelnde Last und erhebt sich ruhig. Ihre feingliedrigen, faltigen Hände kommen Isabel dabei seltsam vertraut vor.

Er begreift ihre Aufregung nicht. Sie könne doch einfach ja oder nein sagen. Wenn sie gerade keine Lust auf Erdnüsse habe, warum solle sie dann welche kaufen? Es wäre ja noch schöner, wenn man jedem gleich alles abkaufen müsse. Soviel Knabberzeug könne selbst Isabel nicht vertilgen!

Jan lacht, raschelt mit dem Papier vor seinem Gesicht. Hat die Zeitung gesprochen? Isabel starrt auf die eng bedruckten Seiten der ›Welt‹ von gestern, immerhin eine deutsche Zeitung. Der Händler war stolz auf sein internationales Presserepertoire.

Vielleicht hätte sie die Erdnüsse ja gemocht, erklärt Isabel, sie hätten gut ausgesehen, doch etwas habe sie abgehalten. Es sei einfach zu heiß. Bei dieser Hitze verlerne man die einfachsten Dinge!

»Sie wird wegen dir nicht verhungern«, will Jan sie beschwichtigen.

»Was für ein Trost!« ärgert sich Isabel. Sie werde sich künftig auch hinter einer dicken Zeitung verstecken!

Er scheint sich seiner eigenen Bedürfnisse sicher genug, um sie deutlich einzufordern oder um die des anderen in aller Seelenruhe auszuschlagen. Zugleich weiß Jan, dass er mehr Wünsche erfüllen könnte, als ihm lieb ist. Und an dieser Möglichkeit, an seiner Gabe trägt er wie an einer Last, derer er sich zuweilen überstürzt erleichtern muss.

»Bei der nächsten Gelegenheit kaufst du ihr eben welche ab. Man sieht sich im Leben immer zweimal.«

Keine schlechte Idee. Isabel kann ihr Gewissen für kurze Zeit beruhigen.

Vielleicht ist ihre Erinnerung erst hier entstanden. Unter dem beschädigten Spiegel im Hotelzimmer, wo Isabel in ihr Notizheft schreibt. Wieder sieht sie die Frau mit den weißen Zöpfen im Sand knien, sieht Unmengen von Erdnüssen vor sich, die sich knisternd bewegen wie kleine, rostfarbene Käfer. Das Bild rotiert in ihrem Kopf und sie weiß kein spanisches Wort, um es anzuhalten oder es zu vertreiben. Nichts fällt ihr ein, um das Schweigen zu beenden und die Gefangenen dieser unglücklichen Szene aus ihren erstarrten Rollen zu lösen. Die fremde Frau scheint sich von selbst nicht rühren zu können, es nicht zu dürfen. Auf ein Zeichen, das Isabel entgangen ist, hat sie sich hingekniet. Ein Zeichen, das sie nun wieder aufstehen lassen würde, ist ihr nicht bekannt. Sie denkt an ihre feingliedrigen, faltigen Hände …

Hände sind wie Gesichter. Ruf dir die Hände eines bestimmten Menschen ins Gedächtnis. Wenn es gelingt, wenn sich seine einzigartigen Hände vor deinem inneren Auge abbilden, kennst du ihn. Isabel hat eine instinktive Scheu vor Händen. Sie erscheinen ihr wie unabhängige Kreaturen, die ihrem Eigner mal gehorchen, mal sich verweigern, die untätig im Schoße liegen und plötzlich zupacken können. Hände von brutalen Menschen, die unschuldig wirken. Pianistenhände, deren unerhörte Fähigkeiten sich erst im Spiel offenbaren. Fragile Hände, die beim Handschlag erstaunlich fest zudrücken. Isabel denkt an Roberts Hände. Musikerhände, Gitarrenspielerhände, Linkshänderhände mit kurz geschnittenen Nägeln und schwieligen

Fingerkuppen an der rechten, längeren, sorgfältig gefeilten Nägeln an der linken Hand. Wenn Robert sie berührt, ist es, als berührten sie zwei Menschen, die eigenständige Leben führen. Sie erkennt Griff- und Spielhand, die sich trotz Unterschiedlichkeit fließend ergänzen. An der Deutlichkeit ihrer Vorstellung begreift Isabel, dass sie Robert sehr gut kennt.

Wieder tauchen die Erdnüsse vor ihr auf, wieder kniet die Fremde vor ihr im Sand – mit plötzlich vertrautem Gesicht! Sie kann das Bild nicht von sich abschütteln, sie denkt an ihre Mutter, denkt immer noch an sie, als ihr Blick im fleckigen Spiegel auf sie selbst trifft. Sie denkt an die alte Indiofrau zurück. Wie kommt es zur Vertauschung zweier Frauen, die sich nie begegnet sind? Sie notiert: Beide gehen, auf ein geheimes Zeichen hin, in die Knie. Anderes als ihre Unterwürfigkeit einzufordern, hieße, ihnen ein weiteres Mal Gewalt anzutun. Ich habe auf die Erdnüsse gestiert und nicht verstanden, was meinen Willen gefangen hält. Habe sie von mir gestoßen. No, gracias. Ich habe auf die Hände einer Fremden gesehen und an meine Mutter gedacht.

Sie lehnt sich zurück. Die Eiswürfel in der Karaffe sind geschmolzen. Durch die geöffnete Tür erkennt sie Jans Kontur in der Hängematte. Er zieht an einer Schnur, wiegt sich sanft in der Dunkelheit, schaut in den dunstigen, sternenarmen Himmel über der kleinen brodelnden Stadt.

Wieder hat sie ihr Heft verführt, innezuhalten auf freier weißer Fläche. Doch wie kann sie diese verrückte Welt schon notieren, in die sie versehentlich hineingeraten ist? Die ihr unglaubliche Szenarien vor Augen stellt, als stammten sie aus Träumen? Sie schreibt: Als käme meine Seele mir in allem entgegen, worauf mein Blick ganz zufällig fällt. Doch die Wirklichkeit hier ist stärker, gewaltiger als die Splitterteile meiner selbst, die unsichtbare Hände zu einem Mosaik ausbreiten.

Isabel hebt das Rumglas, prostet ihrem fleckigen Spiegelbild zu. Augenzwinkernd gähnt dieses zurück. Sie löscht das Licht.

Nachts gehört das Hotel den Geckos, den bis zur Durchsichtigkeit nackten Jägern, die sich, ungeachtet der Schwerkraft, über Boden, Wände, Decken bewegen, aus unsichtbaren Ritzen und Löchern hervorkommen, die reglos, mit schwarzen Lupenaugen auf der Lauer liegen und verschwinden, wenn Gefahr droht, es Tag wird, wenn sie satt gefressen sind. Sie scheinen keine Angst zu haben, fangen lassen sie sich nicht. Sie bewohnen menschliche Gemäuer, suchen aber nicht deren nähere Gesellschaft. Ihre schnalzenden, schmatzenden Laute erhellen die Nacht.

Am Fuß einer Palme hat er geschlafen, nun richtet er sich mühsam auf. Seinen dürren Körper bedecken ein schmutziges Hemd und eine zerschlissene Hose, die eine Wäscheleine auf den knochigen Hüften hält. Bügelfalten trotzen dem Eindruck sich schnell vollendenden Zerfalls. Er zieht die Beine an und beginnt, sich ausgiebig zu kratzen. Seine Haut ist übersät von Krusten. Schmutz und Wunden lassen sich kaum mehr unterscheiden. Sein Haar steht in widerspenstigen Büscheln vom Kopf ab. Die Bewegungen des Mannes sind bemerkenswert langsam. Ist er zu schwach, um sich zügiger zu bewegen, oder schlägt er mit Bedacht die Zeit tot, die gleich still zu stehen droht? Doch der Tod will nicht kommen, offensichtlich ist dieser Elende nicht nach seinem Geschmack.

Isabel nippt an ihrem Tee, Mengen von kleinen Fliegen kleben in der Marmelade fest, verärgert schiebt sie den Teller von sich weg. Komischer Morgen. Fast schon Mittag. Wären sie nur früher aufgestanden! Widerwillig beobachtet sie die Elendsgestalt. Der Mann leidet schon zu lange. Sein Elend interessiert ihn nicht mehr, deshalb überdauert er es, denkt sie. Zwar juckt die Haut, doch er wehrt sich nicht. Wozu? Das Jucken gehört der Vergangenheit an, sein ausgiebiges Kratzen hat keinerlei Dringlichkeit. Seine Hände verrichten eine alte Gewohnheit, auf die er genauso gut verzichten könnte. Aber weshalb denn verzichten?

»Im Dschungel hätte ihn schon längst ein Tier geholt«, sagt Jan, ohne von seiner Lektüre aufzuschauen.

In seiner Langsamkeit wäre der Mann tatsächlich eine leichte Beute, überlegt Isabel.

»Dann ist der Alte also ein Beweis für Zivilisation, ein Zeichen für Kultur?«

Jan beugt sich tiefer über die Landkarte, offenbar reizt ihn das Thema nicht. Es gilt, die weitere Reiseroute zu planen. Er legt die Stirn in Falten, macht einen Kringel, verbindet zwei Punkte der Straße entlang mit dem Leuchtstift.

Der Mann versucht nun von allen Vieren auf seine Beine zu kommen. Den Oberkörper auf die Arme gestützt, bewegt er die Füße im Sand hin und her, die diese Bemühungen jedoch kaum zu verstehen scheinen oder sie nicht eindeutig umzusetzen wissen. Schließlich gelingt es doch. Zitternd faltet er seine Plane zusammen, klemmt sie unter den Arm und geht langsam ein paar Schritte. Vor ihrem Tisch bleibt er erneut stehen, stiert ein Loch in die Luft.

»Noch einen Schritt … Vorsicht … geschafft … ganz schön wackelig … stopp … anderseits … macht ihm der aufrechte Gang Spaß … ja, es macht ihm Spaß, auf den eigenen Beinen zu stehen … schau …«, murmelt Isabel, während sie den Alten fest im Blick behält. »Er ist selbst erstaunt, dass er sich aufrecht hält … hat's lange nicht ausprobiert … ist zu lange herumgelegen, hat gedöst und sich gekratzt … doch, es geht … noch beherrscht er den aufrechten Gang … nicht ganz verlernt … Vorsicht … stopp … vielleicht doch besser auf allen Vieren?«

»Was hast du? Stört er dich? Schau nicht hin«, brummt es aus der Straßenkarte.

»Wenn ich ihn nicht fixiere, fällt er um. Wetten?«

»Im schlimmsten Fall kippt er mit der Nase in den weichen, weißen Sand.«

»Wer weiß, was der Alte uns gerade anhext.«

Seine Hände in den Hosentaschen, glotzt der Elende sie an. In unendlicher Langsamkeit, wie er sich vorhin gekratzt hat, lässt er seinen Blick zwischen Jan und Isabel hin und herwandern. Dann bleiben seine Augen starr auf ihr ruhen. Unverfroren glotzt er sie an, seine Augen werden dabei größer, quellen schier aus ihren Höhlen. Isabel fühlt seinen Blick wie klebrige Hände an sich, plötzlich juckt ihr die Haut.

»Wahrscheinlich vollkommen betrunken«, knurrt Jan, »na endlich.«

Der Alte löst sich, macht eine Zeitlupendrehung, gafft noch ein Loch in die Luft, klemmt schließlich die Plane fester unter den Arm und schlürft im Schneckentempo davon. Kurze Erleichterung am Tisch. Es kann in Ruhe weiter gefrühstückt werden.

»Wo kommen plötzlich all diese kleinen Fliegen her? Gestern war hier keine einzige«, flucht Isabel auf einmal entnervt.

»Oh doch.«

»Nein, da waren keine.«

»Dann hast du sie vielleicht nicht bemerkt«, erklärt Jan. Sollte er sich von ein paar Fruchtfliegen aus der Ruhe bringen lassen?

Doch vielleicht hat Isabel Recht, es sind heute viele Fliegen, winzig klein und wirklich lästig.

»Nicht bemerkt? Dann habe ich gestern also kleine Fliegen gefrühstückt? Ich glaub's ja nicht!«

Isabel windet sich, die kleinen Fliegen haben es auf sie abgesehen. Und das Schlimmste kommt noch: Sie werden nie wieder verschwinden. Es werden immer mehr kleine Fliegen werden, hemmungslos werden sie sich vermehren, immer lästiger werden sie ihr zu Leibe rücken. Nichts zu machen. Gestern sollen sie schon hier gewesen sein? Unmöglich! Da war Isabel einfach nur glücklich. Sollte sie die Plagegeister über Nacht vergessen haben? Vielleicht sind sie doch mit dem Alten gekommen, deshalb hat er sie solange angestarrt, um ihr die Fliegenplage zu schicken! Jedenfalls stören sie sie jetzt ganz gewaltig, torkeln um Augen, Mund und Nase, um plötzlich zielsicher anzugreifen. Das muss Jan zugeben. Nicht nur Armeen kleiner Fliegen, dazu ein Wahnsinnslärm! Widerstreitende Bassrhythmen aus riesigen Lautsprechern liefern sich einen schonungslosen Wettkampf. Da helfen auch keine Ohrenstöpsel.

»Gehen wir Schnorcheln«, schlägt Jan vor, »komm!«

Immer wieder der Impuls, den Kopf aus dem Wasser zu heben, um Luft zu schnappen. Hustenanfälle, Wasserschlucken und Spucken. Schließlich aber vertraut sie dem Gummistück zwischen den Zähnen, hält ihren Kopf unter Wasser, atmet durchs Plastikrohr und taucht neben Jan her, ihrem schönen großen Fisch – sie ist sein Junges auf Spaziergang. Um die Taucher: dunkelblaue Clownfische mit wulstigen, weißgeschminkten

Mäulern, Fische in gelbgestreiften Anzügen, schwarz gesprenkelte Pyramidenfische, gründelnde Langbärte, neonblau leuchtende Zwerge, flatterflossige Fischhähne, Glotzaugen, Neugierige, Scheue, im Sand Versteckte, Giftstachlige, Platte, sich Langweilende, Raubgierige …

Jan nimmt sie bei der Hand, ein Vorhang öffnet sich: Hunderte bunt gemusterter Fische, handtellergroß, schweben zur Seite, treiben mit der Strömung tiefer hinein ins Meer, verblassen schließlich wie ein Traum beim Erwachen. Die anderen bleiben zurück, als wären sie zwischen den küstennahen Felsen zu Hause. Pelikane, die großen, knochenschnabeligen Vögel, fallen vom Himmel kopfunter ins Wasser. Ihr Appetit ist groß. Allzu bunte Fische spucken sie jedoch wieder aus.

Eine große, sanfte Woge trägt sie ans Ufer. Lachend taumeln sie über den heißen Sand.

Als sie ins Auto steigen, schlägt ihnen Backofenhitze entgegen. Die Kunststoffsitze sind glühend heiß, verbrühen ihre nackte Haut. Noch immer scheint die Welt im Wellengang zu schwanken, der sie mit starker Hand rhythmisch anhob und in die Tiefe senkte, sodass Isabel einem Rochen in die Augen sah, um sich mit Aufzugsgeschwindigkeit von ihm zu entfernen und zu ihm zurückzukehren, der sie reglos erwartete und noch ausharrte, als sie mit der Nasenspitze seine sandgraue Haut schier stippte. Jetzt ist sie wellenkrank, verzaubert, glücklich.

»Vielleicht habe ich noch nie etwas Schöneres gesehen, als diesen wunderbaren Fischgarten!« ruft Isabel. Ein unachtsames Bekenntnis, aber egal, es ist so wahr.

Sie beugen sich zueinander, ihre Küsse schmecken salzig nach Meerwasser und nach ihrem Schweiß.

Im Hotel angelangt springen sie in den kleinen Pool im Patio, den Gästezimmer über drei Stockwerke umringen. Hinter einer der braunen Holztüren werden sie sogleich verschwinden. Zimmer dreiundzwanzig. Selbst wenn er wollte, bekäme Jan die Zahl nicht mehr aus dem Kopf. Es ist eins der wenigen Doppelzimmer mit Ventilator und zusätzlicher Klimaanlage. Zwei weitere Betten stehen darin bereit, wie für ein zweites Paar oder für Kinder, Verwandte, Freunde.

Jan hatte bei ihrer Ankunft nicht die Dreiundzwanzig verlangt. Das Zimmer wurde ihnen freundlich angeboten, zufällig war es frei gewesen. Hätte er ein anderes verlangen sollen, auf das Lautwerden einer Zahl hin? Immerhin hatten sie sich das Zimmer zeigen lassen. Auf der Schwelle hatte er Isabel genau beobachtet, in ihrem Gesicht nach einem möglichen Anflug von Unbehagen gesucht. Da sie rief schon:

»Wunderbar, und gleich zwei große Betten! Erwarten wir noch jemanden?«

So war es entschieden. Auch Jan war todmüde nach langer Fahrt. Zimmer dreiundzwanzig. Was sprach dagegen? Eine Woche würden sie bleiben.

Er köpft flach ins Wasser, dreht sich auftauchend auf den Rücken, schließt die Augen. Das Poolwasser ist beinahe so warm wie die Luft und kräftig gechlort. Dennoch gut jetzt, schwerelos im Wasser zu treiben. Zum Gurgeln des Wassers gesellen sich Stimmen von irgendwo im Haus. Unentwegt fegt und schrubbt das Hotelpersonal die Böden, kein Staubkörnchen, kein Laub und keine Fußspur dürfen diese Fliesen verunreinigen, sie müssen immerzu glänzen. Das war so und wird morgen so sein. Dieser Ort bietet eine verlässliche Kulisse.

Er breitet seine Arme aus, gelassen zieht sie ihre Bahnen.

Am Wellengang fühlt er sie näher kommen und sich entfernen, und wieder näher kommen, sich erneut entfernen. Und wieder.

Tropfend werden sie die blanken Stufen ins Zimmer hinaufsteigen, werden die Handtücher fallen lassen, während einer von ihnen die Tür zuzieht. So, wie er sich jetzt durchs Wasser gleiten lässt, wird er in sie hineingleiten, wird von nichts umgeben sein als von ihrem Fleisch, wie eben ganz von Wasser, jetzt von ihrer Lust. Die Augen halbgeschlossen werden sie sich treiben lassen. So wird es sein.

Schon einmal ist er über diese Fliesen gegangen, hat vor derselben Tür gestanden, denselben Schlüssel benutzt und aufgeschlossen. Er hat diese Klinke, diesen Lichtschalter, diese Stuhllehne schon einmal berührt. Von diesem Bett aus hat er schon einmal an die Zimmerdecke gestarrt, ist der Drehbewegung des alten, schlingernden Ventilators mit den Augen gefolgt. Hat durch dieses Fenster ein Stück Himmel gesehen und dieselbe staubige Straße. Er hat die Hunde hier bellen gehört, die Hähne krähen, das Brummen, Heulen, Stottern, Schnurren der gleichen Motoren. In diesem Hotel ist er schon einmal begrüßt worden, als alles hier für ihn noch ungesehen und unberührt und unvergleichlich war. Als er zum ersten Mal von diesem Beckenrand ins Wasser köpfte, Chlorgeruch einatmete und die Schwerelosigkeit genoss. Alles ist da. Alles ist bereits gewesen – treibende Körper, Gedanken, verletzende Worte, Streit. Dieses Wasser hatte ihn verbrannt. Die Körper, die es teilten, trieben aneinander vorbei. Doch er bemerkte es nicht vor Glück.

Er breitet seine Arme aus, gelassen zieht sie ihre Bahnen …

Tropfend werden sie die blanken Stufen ins Zimmer hinaufsteigen, werden die Handtücher fallen lassen, während einer von ihnen die Tür zuzieht. So, wie er sich eben ins Wasser gleiten ließ, wird er in sie hineingleiten.

Alles ist da. Alles ist bereits gewesen. Und Jan, von Sinnen, wird sie erdrücken, sie ersticken, sie in Stücke lieben. Sie windet sich, stöhnt auf vor Lust, vor Schmerz, umfasst seine Hüften mit beiden Händen, um ihn zu bremsen. Ihre Schreie nach Freiheit …

All das führte Caroline ihm vor Augen: Ihre Opfer, Versäumnisse, ihre verpassten Möglichkeiten. Eine Liste all dessen, was ihr bisher nicht gelungen ist und was ihr mit ihm niemals gelingen würde, was sie für ihn aufgegeben hat, und worauf sie an seiner Seite immer würde verzichten müssen. Ihre Mittelmäßigkeit (als Paar, so sie, seien sie beide zur Mittelmäßigkeit verdammt) und ihre Besonderheit, die sie mit ihm nicht teilen könne, da er zu wenig von ihr verstünde, wie sie nach Jahren ihrer Liebe einfach feststellen müsse, nichts verstünde. Und sie zählt sie auf und breitet sie vor ihm aus, die großen Chancen, die sie hätte ohne ihn. Die ganze Welt würde ihr offen stehen, und sie wolle hinein, unbeobachtet, unkontrolliert, ungeteilt. Ohne ihm davon berichten, sich rechtfertigen, sich erklären zu müssen, ohne es mit ihm teilen, es ihm gar danken zu müssen – allein. Dafür arbeitet sie, die preisgekrönte Fotografin, hart am neuen Bild ihrer selbst, ihres Lebens, ihrer Geschichte, an den Bildern ihrer Besonderheit, ihres Glücks. Neben dieser neuen, gelungenen Gestalt hat Jan keinen Platz mehr. Zu oft hat er sie weinen sehen, zu oft ihren eisernen Schwur gehört: Ich werde es schaffen. Er konnte es nicht verhindern, er ist ihrer Neugier unterlegen, ihrem Ehrgeiz, ihren unzähligen Talenten, ihren Freundschaften, ihrer Lust auf ein Leben unabhängig von ihm, auf Schritte, bei denen niemand, der um ihre Narben wusste, ihr über die Schultern schauen durfte.

Alles ist da. Alles ist bereits gewesen. Jan wird sie in Stücke lieben. Isabel windet sich, stöhnt auf vor Lust, vor Schmerz, umfasst seine Hüften mit beiden Händen, um ihn zu bremsen. Jan ringt nach Luft, fleht: Nicht aufhören, weiter, weiter, nicht aufhören! Doch seine Geschichte ist schneller, sie holt ihn ein, steigt auf aus der Tiefe seiner Lust. Er droht zu ersticken, spuckt sie endlich aus:

Ich war schon einmal hier. Ich habe schon einmal an diese Zimmerdecke gestarrt, genau von diesem Bett. Alles ist da, alles ist bereits gewesen.

Jan, von Sinnen, wird sie erdrücken, sie ersticken, sie in Stücke lieben. Isabel windet sich, stöhnt auf vor Lust, nein, vor Schmerz.

Jan ist kein Held, nicht schillernd steht er vor ihr.

Bin ganz verdreckt vor Verlassenheit.

Es ist wahr. Er hat schon einmal gekämpft.

Ich habe schon einmal gekämpft.

Er ist verwundet worden.

Ich bin verwundet worden und gestorben.

Schon mehr als einmal gekämpft, verwundet und gestorben und wieder kämpfen, sich verwunden lassen, sterben. Schon einmal hat er alles gegeben.

Habe alles gegeben, aber es war nicht genug.

Hat mehr gegeben.

Umsonst.

Vielleicht wird Jan wieder alles geben.

Vielleicht gebe ich wieder alles.

Und es wird umsonst sein. Jan wird mehr geben.

Dreh dich nicht weg.

Er will sie haben.

Jetzt, im Tageslicht.

Er will die Spuren sehen.

Das Sterben.

Die Makel.

Hier ist das Leben.

Jetzt.

In diesen Wänden.

Nicht jungfräulich. Kein strahlend weißer, unberührter Raum. Dieses Zimmer hat Jan in seiner Nacktheit gesehen.

In meiner Angst.

In seiner Erregung, und noch mehr. Er will dich, Isabel!

Ich will dich.

Jetzt.

Will dich!

»Jan?«

Sie haben sich geliebt. Es gibt keinen Grund anzunehmen, dass es sich bei ihrer Liebe um eine größere Illusion handelte als in anderen Fällen.
Caroline hat ihn geliebt, und irgendwann hat sie beschlossen, ihn zu verlassen. Nebenbei hat sie ihm die Freiheit geschenkt.
»Geh«, sagte sie und wusste, dass er zurückkommen würde.
Sie wusste viel. Sie kannte ihn so gut, dass seine Worte ihr vertraut waren, noch ehe er sie ausgesprochen hatte. Sie sah voraus, was kommen würde, als hätte sie die Choreographie seines Lebens selbst entworfen. Was auch immer er tat, erneut wurde er zum Affen ihrer Vorhersagen und bald zum Übertreter, zum Don Juan in ihrer Regie. Was ist das für eine Freiheit, von der ein anderer eine genaue Vorstellung besitzt? Der deine Träume kennt als träumte er sie selbst?
»Ich kann dich nicht verlassen«, sagte sie, »und ich kann nicht mit dir zusammen sein. Also schenke ich dir meine Freiheit, von der ich selbst keinen Gebrauch machen möchte. Ich werde jedoch über dich urteilen. Und ich werde mich selbst schuldig fühlen an deiner Schuld, Mittäterin an deinen Sünden, die du an meiner Stelle, in meinem Namen, auf meine Kosten begehst. Und wieder werde ich Opfer deiner Zügellosigkeit, deiner Genüsse und Niederlagen, von denen ich dich nicht abhalten will. Opfer deiner Sucht, deiner Leere, deiner Not, die ich nicht heilen kann. Und du, noch klebrig, heiß, duftend von angeordneter, verbotener Lust, siehst dich vor mir in die Knie gehen. Du fühlst meine Stärke, die Härte meines Verzichts. Meine Leichtigkeit, meinen Schmerz. Du weinst. Ich bin kein Mensch wie du, der du einen anderen brauchst, und sei es für einen leidenschaftlichen Austausch der Körper, eine rasch herbeigeführte Berührung in der Hoffnung auf ein Echo, das die Einsamkeit stört; den anderen brauchst, um deine Leidenschaftlichkeit zu spüren, die Lust des anderen auf dich zuströmen, unverhofft, unversehens,

ungebremst, bedürftig nach schneller Antwort; den anderen brauchst, um dich abzutöten, um MICH zu töten, um dich festzuhalten, das Leben … den anderen brauchst, um zu spielen, ihn BRAUCHST …«

Ihre Unfreiheit fesselt ihn. Er will den Stein, der vor ihrer Höhle liegt, zur Seite rollen. Er will frei sein, mit ihr, nicht in der Verbannung. Das sagt er ihr. Daraufhin geht sie. Den Stein lässt sie zurück.

»Du magst ihn doch so«, sagt sie.

Mit Kreide schreibt er darauf: ›Nichts weißt du von mir, wenn du nicht da bist.‹

Nach dem Regen bleibt nur die Schrift.

Ein weiterer Versuch, Wörter zu entziffern, ihre Bedeutung zu verstehen. Hat das Geschriebene einen Sinn? Es ist ihr Heft, ihre Schrift. Sie hat es geschrieben und versteht es nicht.

Vor Mattigkeit kann sie ihre Augen kaum geöffnet halten, vom tagelangen Faulenzen in der Hängematte tun ihr die Knochen weh. Vielleicht gut, dass sie morgen weiterfahren ins Hochland, wo es kühler sein wird und die Luft leichter. Sie wälzt sich auf die andere Seite, ihr sonnenerhitzter Körper wirft jetzt einen Schatten aufs Papier.

Wieder versucht sie zu lesen und kommt dem Geschriebenen nicht näher. Dessen Bedeutung scheint sich zu verflüchtigen, während Isabel in der Hängematte betäubt gefangen liegt, als wäre diese ein Spinnennetz.

Anderseits, wie einfach ihr Leben hier ist! Für alles ist gesorgt, ihr Durst wird gelöscht, ihr Hunger gestillt. Sie lieben sich, überlassen sich ihren Körpern, ihrer Leidenschaft, die selbst ein Körper ist: beweglich, gierig, kraftvoll. Ein Tier mit glänzendem Fell und schillernden Flügeln, mit Mäulern und Schnäbeln, Tatzen und Krallen, mit großen weichen und kleinen feinen Ohren, mit fleischigen Nasen, feuchten Rüsseln und nassen Zungen. Ein Tier, das nie schläft.

Blinzelnd folgt Isabel dem nervösen Wellengang ihrer Handschrift, folgt den Auf- und Abstrichen, den Häkchen, Punkten, Zeichen, als beurteile sie ein mehr oder weniger gelungenes Ornament. Als Jugendliche hatte sie eine zeitlang Tagebuch geschrieben und es irgendwann wieder sein lassen. Erst auf ihrer Reise mit Jan hat sie wieder damit angefangen. Wenn sie schreibt, kopiert sie sich selbst und was sie sieht. Auch von Jan fertigt sie eine Kopie an. Ein spannendes Spiel. Sie fühlt sich als Schöpferin, beobachtet ihre Kreaturen durchs Mikroskop, untersucht sie, staunt.

Wäre diese Hitze nicht! Sie könnte das Heft ja auch einmal im Koffer lassen, in der übervollen Büchertasche im Hotelzimmer. Was schleppt man nicht so alles mit auf einer Reise! Was klammert sie sich daran fest?

Die Buchstaben im Schatten ihres nackten, sonnengebräunten Bauches beunruhigen sie. Da steht etwas, es scheint wichtig zu sein. Sie blättert vor und zurück, blinzelt angestrengt, als suche sie ihre Schlüssel. Aber wozu braucht sie einen Schlüssel? Sie kann gut zu Fuß ins Hotel zurück und ihn sich an der Rezeption geben lassen, Zimmer dreiundzwanzig, sogar nachts.

Sie nickt ein.

Die Hitze hat den Sinn aufgezehrt und nur die Dinge gelassen.

Von ihrer Liebe lässt die Hitze nur die Körper, die einander finden, auch ohne Sinn, ohne Umwege, ohne Sprache und Gefühle. Ihre erhitzten Körper brauchen keinen Text. Zwischen ihnen ist kein Abgrund, der mit Silben zu füllen, keine Distanz, die mit Erklärungen zu überwinden, keine Nähe, die mit Bedeutungen zu steigern wäre. Ihre Körper fließen in eins. Fraglos, bedingungslos. Der eine ist die Vibration, die Körperschwingung des andern. Keine lange Rede, kein kurzer Sinn. So muss das Paradies sein. Sinnlich, nicht sinnvoll. Leichtsinnig, nicht gefühlsbeladen. Ausgelassen, nicht gedankenschwer. Ein gewissenloses Dasein in der Hängematte. Süßes Leben. Ein Strohhalm zwischen den Lippen, Hitze im Gesicht.

Was setzt sich an die Stelle vergangener Bedeutungen?

So geht es nicht. Du bist nicht zum Spaß auf der Welt. Genug gedöst. Augen auf! Gähnend versucht sie, das Geschriebene zu entziffern. Buchstabenorakel. Vielleicht enthält es Wichtiges, Zeichen, die unbedingt zu deuten wären? Vorboten nahenden

Unglücks, eine Warnung vielleicht? Ganz ruhig, noch einmal von vorn. Um was für einen Text handelt es sich? Nach erstem Hineinlesen ergibt sich: Es sind offenbar Reiseaufzeichnungen, allerdings fehlen Daten, meist auch Ortsangaben. Auf dem Umschlag befindet sich eine Nummer aus Zahlen und Buchstaben. Jans Idee, die er sogleich realisierte: Das Autokennzeichen ihres Mietwagens, mit dickem wasserfestem Filzschrift aufgemalt, ziert den Einband der alten Schulkladde, die er ihr zum Geschenk gemacht hat. Die Blätter zwischen den zweifarbig gemaserten Pappendeckeln haben sich in der hohen Luftfeuchtigkeit gewellt, an den Rändern sind sie vergilbt, auch seinem Geruch nach ist das Buch nicht neu. Die Buchstaben aber wirken taufrisch. Ein merkwürdiger Zeitsprung. Gehören Buch und Buchstaben zusammen? Was verbindet Papier und Geschriebenes? Nur ein Zufall oder eine gemeinsame Geschichte? Jetzt erscheinen sie unzertrennlich. Die Wörter würden ohne das Buch nicht existieren. Sie würden in Isabels Kopf hausen, wären in den Wind geschrieen, in ein fremdes Ohr geflüstert. Oder sie wären niemals gesagt worden. Vermutlich stehen mehr Sätze in ihrem Reisetagebuch, als sie Jan gegenüber ausgesprochen hat. Andere Sätze. Freiere Sätze. Nicht nur Kopien von wirklichen Ereignissen. Ängstliche, unaussprechliche Sätze. Erfundene, phantastische Sätze. Sätze, die wahr sind oder die eines Tages wahr werden könnten, schon im nächsten Augenblick. Wie Isabels Eintrag: Schwanger. Jetzt hat sie das Wort gefunden, hat ihr Gekritzel entziffert. Jetzt ist Isabel hellwach. Ihr Herz klopft wild.

Ist es wahr? Nur eine Befürchtung? Fehlt ein Fragezeichen? Das Wort »vielleicht«? Handelt es sich um einen Wunsch? Um einen Versuch, sich etwas vorzustellen? Wie das wäre: ein Kind? Von Jan? Sie rappelt sich auf, ihre Füße streifen den heißen

Sand. Schwanger? Unmöglich. Unwirklich. Unvorstellbar. Ein kleines Wort nur auf vergilbtem Papier …

Die Wellen brechen sich lärmend, schneiden den Menschen die Stimmen vom Mund ab. Ihre Rufe sind bewegte Gesichter und Körper im grellen Sonnenlicht.

Jan steht in der wild schäumenden Brandung und winkt ihr zu. Das heißt, sie solle kommen, mit ihm in die Wellen tauchen. Ein Zeichen, einfach und verständlich.

Doch die Wellenbrecher sind hier lebensgefährlich. Wer sie nicht gekonnt an tiefster Stelle, wo gespenstische Ruhe herrscht, durchtaucht, den verletzen, erschlagen, ertränken sie. Den schmettern sie mit tödlicher Wucht auf den Sand. Schon rollen sie erneut an, umschlingen, begraben ihn, wirbeln den verzweifelt nach Luft Schnappenden um die eigene Achse, bis er seinen Geist aufgibt.

Isabel und Jan stehen Hand in Hand in wild schäumender Gischt.

Vor Salina Cruz führt die Straße durch weite Salzfelder, vorbei an seichten, spiegelnden Stauflächen mit weiß verkrusteten Rändern. Felder, auf denen nicht Bananen, Mais, Kaffee oder Zuckerrohr angebaut werden, sondern Salz gedeiht. Die fleißigen Bauern heißen Zeit und Sonne, sie vertreiben die flüssigen Anteile des Meerwassers so lange, bis seine festeren, beständigeren zurückbleiben und abgetragen werden können. Die Salinen haben etwas Unwirkliches, Totes und zugleich Schönes, Anziehendes, ja Betörendes an sich. In ihrem Umkreis ist die Welt weiß vom klebrigen Salzstaub, den der Wind weit in die Landschaft hinausträgt.

Auf einer Anhöhe schauen sie zur Küste hinab. Zu ihren Füßen erstreckt sich ein unendlicher Sandstrand. Von der Landseite her drängt, in respektvoller Distanz zum Wasser, dichter Tropenwald. Trotz hellen Sonnenscheins wirkt der Himmel nicht freundlich und heiter, vielmehr unnahbar und streng. Eine Straßenbude duckt sich ängstlich, als wäre sie irrtümlich an dieser Stelle errichtet und bei erster Gelegenheit wieder verlassen worden. Ihre einstigen Öffnungen sind mit Brettern zugenagelt. Wohin sie auch schauen, nichts, keine Hütten, keine Boote, keine Lebenszeichen, nicht einmal Müll. Die Brandung tost nervös, übellaunig rollen die Wellen heran, in kräftigen Strudeln ziehen sie sich nach ihrer Begegnung mit dem Land ins Meer zurück, um noch wilder wieder heranzupreschen. Wer hier ins Wasser geht, wird Bekanntschaft mit Strömungen machen, gegen die auch ein guter Schwimmer machtlos wäre. Der Strand ist in beide Richtungen vollkommen offen und leer, nichts begrenzt ihn, nichts widerspricht seiner gespenstischen Gleichförmigkeit. Ein sandiges Ödland zwischen ozeanischer Urgewalt und vom Menschen unbeeinflusster Vegetation. *Da geriet alles ins Wanken. Vom Meer kam ein starker, glühender Hauch. Mir war, als öffnete sich der Himmel in seiner ganzen Weite, um Feuer regnen zu lassen.*

In Gedanken ist Jan am Strand unterwegs. *Ich war ganz und gar angespannt, und meine Hand umkrallte den Revolver.* Wie lange würde es dauern, bis er einem anderen auf die Spur kommen würde? Dessen Existenz wäre so unwahrscheinlich wie seine eigene Anwesenheit hier, die dem Einsamen als ein großes Versehen, als ein dummer Scherz Gottes erscheint, der kichernd im Dickicht die Hände vor die Augen schlägt. Finde mich,

Mensch! Gott hält sich die Augen zu und glaubt sich unsichtbar, wartet in seinem Versteck wie ein Kind, bis es knallt.

Die Zündschnur knistert in der Einsamkeit, und der Fremde zögert nicht, als ihm ein anderer Mann aus der Unendlichkeit der Schöpfung entgegenkommt, und schießt.

Ob sein arabisches Spiegelbild ihn tatsächlich mit dem Messer bedroht hat, wie er später unter Anklage aussagen würde? Noch ehe die Klinge ihm gefährlich werden und sein Blut fließen könnte, legt er den Revolver an. Eine Waffe der Distanz.

Schweiß sei ihm von der Stirn in die Augen getropft, erklärt er später seine tödliche Reaktion, die Sonne habe ihn geblendet im entscheidenden Moment der Begegnung, *Meine Augen waren hinter diesem Vorhang aus Tränen und Salz geblendet.* Vielleicht lassen sich die Menschen einteilen in Blinde und in Sehende angesichts einer Gefahr. Mythen haben die Menschenkinder zur Blindheit erzogen, drohten den Mutigen, den Neugierigen und Schamlosen mit Blendung, sollten sie etwa einer unglücklichen Medusa einen freien Blick schenken.

Eine unverhoffte Begegnung am einsamen Strand *muss* für einen tödlich enden. Die Verlegenheit ist groß, die Gelegenheit günstig. Es gibt keine Zeugen. Die Brandung übertönt die Hilferufe, dann den Todesschrei, nur Tiere werden die Leiche finden. Robinson wollte den Exoten auf der Stelle umbringen, hielt Freitag für einen unbelehrbaren Menschenfresser, bis er ihm einen Namen gab. Handelt es sich bei der Bluttat des Fremden um ein Missverständnis, um einen Unfall der Namenlosigkeit? Vermutlich war die Sonne Schuld, die über aller Kreatur thronende Königin – und der Unglückliche wollte die Sonne erschießen, wollte die Unsterbliche vom Himmel holen, und hat dabei einen Menschen getroffen. War es auch die Sonne, die weitere Schüsse auf den Schwerverletzten abfeuerte, und die weiter schoss, als dieser bereits tot war? In der Verlassenheit führen Begegnungen zu einem absurden Schluss. *Ich begriff, dass ich das Gleichgewicht des Tages, das ungewöhnliche Schweigen eines Strandes zerstört hatte, an dem ich glücklich gewesen war. Dann schoss ich noch viermal auf einen leblosen Körper, in den die Kugeln eindrangen, ohne dass man es sah. Und es waren gleichsam vier kurze Schläge an das Tor des Unheils.*

Albert Camus' ›Der Fremde‹ war eins von Carolines Geschenken voller Botschaften. Als Widmung schrieb sie hinein: Der Fremde bist du. Jan suchte jede Zeile nach sich ab. Entdeckte einen Mann, der sich fremd war. Er fühlte sich entlarvt und versuchte zu widersprechen. Wie verteidigt man seine Würde gegen die Behauptungen einer Romanfigur?

»Kein Strand für dein Fußspurenspiel, was meinst du?«

Jan, komm zu dir. Da ist Isabel, sie strahlt dich an.

»Warum nicht? Da käme ich meinem Monster endlich auf die Spur«, sagt er noch immer gedankenverloren.

»Oder auf Spuren fliehender Menschenopfer. Kaum entdeckt, näherte sich schon das Gebrüll deiner Verfolger, und du rettest dich gerade noch so ins Gebüsch.«

»Wo mich die Schlange beißt. Da unten hat schon lange kein Mensch mehr sein Herz verloren.«

»Ein Palmstrand wie aus dem Bilderbuch.«

»Wahrscheinlich sind die letzten Menschen Fotografen im Auftrag der Tourismusindustrie.«

Was hätten Carolines Linsen aus diesem Strand gemacht?

»Wozu Künstler? Irgendein Techniker, der eine Webcam installiert und wieder abhaut, reicht doch.«

»Zu wahr. Die Bilder kommen ohne uns aus.«

Isabel setzt den Fotoapparat ab: »Im Kasten.«

»Können wir?«

»Sí, señor.«

Bald häufen sich Zeichen von Zivilisation. Reklametafeln, Strommasten, Kabel, Mauern, Gebäude, Stacheldraht. Nach unfreiwilliger Kreisfahrt entlang der Raffinerien lassen sie die Industrie- und Hafenstadt Salina Cruz hinter sich, nicht ohne am Straßenrand ihre übliche Wegzehr einzukaufen. Das Corona ist eisgekühlt, zufrieden Cracker knabbernd fahren sie die Mex. 200 weiter landeinwärts.

Durchlöcherte Straßenschilder und Reklametafeln, als hätte man ganze Gewehrsalven auf sie abgefeuert. Ein kräftiger Wind bläst über die Ebene: La Ventosa – die Windige. Was leicht, ungebunden oder allzu aufrecht daherkommt, wird rasch umgeworfen, abgetrennt, aufgehoben und an eine andere Stelle getragen, wo es vorübergehend hängen bleibt. Die Löcher dienen zum Schutz der Schilder, verkleinern ihre Angriffsfläche, die Windgewalt geht ins Leere. Plastiktüten schmücken die tief in Windrichtung geneigten Büsche. Der Wind streift hindurch wie ein Kamm, der alles sehr schön und ordentlich aussehen lässt.

Ein Ochsengespann. Die Schwerarbeit des Bauers und seiner beiden mächtigen Tiere, von heißem Wind umblasen, der die Erde beständig trockenföhnt.

»Das ist keine Natur«, sagt Isabel, in die Betrachtung des archaischen Gespanns versunken. Ihre Stimme klingt heiser, seltsam kratzig, was Jan amüsiert.

»Ach so. Keine Natur, was denn dann?«

»Die Natur ist für die Menschen. Das hier, das gehört niemandem. Nicht einmal Gott.«

Isabel wird es beweisen: »Schau!«

Sie wirft ein Papiertuch aus dem Fenster und stellt sich vor, wie es von Ast zu Ast fliegt, vielleicht kurz hängen bleibt, als Fahne stolz im Wind flattert, bis es sich zerteilt, seine Fetzen bald eigene Wege gehen und irgendwann zwischen warmen, scharfkantigen Steinen zu Nichts zerfallen.

»Hast Du gesehen? Nichts zu machen.«

»Hast du es dir ungefähr so vorgestellt?«

Sie zögert.

»Du hattest mir ja das eine oder andere erzählt. Aber ich habe es nicht geglaubt.«

Jan ist überrascht.

»Du hast es mir nicht geglaubt?«

»Es klang so unwahrscheinlich.«

»Dachtest du, ich würde Unsinn reden?«

»Ja.«

Jan, nach einer Pause: »Du traust mir nicht.«

Isabel, fröhlich: »Nein!«

Er, gekränkt: »Schade.«

»Als ich die toten Hunde gesehen habe …«

»Hast du die mir etwa auch nicht geglaubt?«

»Besonders die toten Hunde nicht!«

»Du hast sie selbst gesehen.«

»Ich habe tote Hunde gesehen, aber nicht die, von denen du mir erzählt hast. Die ich gesehen habe, waren *echt.*«

»Und meine?«

»Unwahrscheinlich. So unwahrscheinlich wie die Hunde, von denen ich einmal erzählen werde.«

»Deshalb wolltest du unbedingt aussteigen und dir den toten Esel aus der Nähe anschauen …«

»Vielleicht. Aber ich fürchte, der Gestank des aufgebrochenen

Kadavers ist unbeschreiblich. Der Blick in seinen geplünderten Bauch … *unwahrscheinlich.*«

⁂

Sie haben geträumt und sind vom Weg abgekommen, sind abgebogen, wo es einfach geradeaus gegangen wäre, plötzlich ist die geteerte Fahrbahn zu Ende. Eine unbefestigte Piste führt durch eine brandneue Siedlung, Wellblech bedeckt die einstöckigen Wohnhäuser.

»Wo sind wir?«

»Ich weiß es nicht, so wenig wie du.«

»Wir sind falsch.«

»Das glaube ich auch.«

Haus fügt sich an Haus, wie ein Schwarm hungriger kleiner Vögel, die sich auf einem Acker niederlassen: Rasch ist der Boden aufgeteilt und keiner verfügt über mehr Platz, als er mit seinen gespreizten Flügeln verteidigen könnte. Die staubige Piste führt durch Reihen einfachster Behausungen. Die Bewohner der Siedlung werfen den Eindringlingen überraschte Blicke zu. Isabel schenkt ihnen ein entschuldigendes Lächeln. Haben sie eine Grenze übersehen?

»Wahrscheinlich halten sie uns für bekiffte Gringos«, sagt Jan.

Ein Mann sieht die Staubwolke auf sich zukommen, verschwindet zügig in seinem Haus. Jan hält das schlackernde Lenkrad mit beiden Händen fest umklammert und drückt aufs Gas. Nur langsam kommen sie voran, immer wieder drehen die Räder durch. Derweil setzen die Hütten sich einförmig fort. Graue Hütten und gelbe Erde, eine stetige Wiederkehr des

Gleichen. Ein monotoner Eindruck, der sich durch die schlechte Straße noch verstärkt. Vermutlich wird ihre weite Reise gleich in einer Sackgasse enden und sie würden für ihre mangelnde Vorsicht, für ihre Dummheit bezahlen müssen.

»Wir sollten nach dem Weg fragen, die Frauen da vorne.«

Jan will nicht anhalten, er gibt den Abenteurer: »Wenn du ein Ziel nicht direkt ansteuern kannst, fahr wenigstens in seine Richtung.«

Schon reißt er das Lenkrad herum und biegt in einen Querweg ein, der zwischen Häuserreihen steil nach unten führt. Der Boden ist hier tief zerfurcht, wie nach starken Regenfällen. Nach weiteren Bocksprüngen bergab und einem weiteren Richtungswechsel gelangen sie tatsächlich auf die Straße zurück, von der ihre Irrfahrt ausgegangen war. Jan begreift selbst nicht mehr, warum er zuvor abgebogen war. Die glatte Asphaltfläche wirkt doch vollkommen eindeutig. Es *konnte* nur geradeaus gehen, was hat ihn geritten, dennoch abzubiegen?

Die gut ausgebaute Straße führt an einen Streckenposten. Hier beginnt der Nationalpark. Ein Mann in Zivil nimmt ihre Personalien auf und notiert das Kennzeichen, eine ähnliche Prozedur wie am Vulkan, nur geht alles schneller. Sie nutzen den Halt und besorgen sich frisches Wasser. Während sie abwechselnd ihren Durst löschen, schauen sie noch einmal zurück. Unter ihnen glitzern und gleißen die Dächer der Siedlung wie ein Meer von Glasscherben. Über dem Viertel leuchtet ein blauer Himmel, den sie in der Staubluft nicht einmal erahnt hätten.

✣

Der Cañón del Sumidero ist eine der tiefsten Schluchten der Erde, ihr Auto im Augenblick das einzige auf dem Parkplatz. Im Schatten einer Steinbank lungern zwei stumpffellige, ausgemergelte Hunde.

»Schau, Isabel, deine Freunde!«

»Meine Freunde? Sie machen mir Angst.«

»Ich fürchte, sie sind tot.«

»Einer hat gezuckt.«

»Das war der Wind.«

»Es geht kein Wind.«

»Und es geht kein Weg an ihnen vorbei.«

»Gib mir deine Hand, Jan, ich will tapfer sein.«

»So wie sie aussehen, hatten die lange nichts zwischen den Zähnen.«

»Hätte ich nicht so eine Angst, würden sie mir Leid tun.«

»Schau, ihr ist der Wurf im Bauch vertrocknet.«

»Jan, ich habe weiche Knie. Hoffentlich werden sie nicht auf uns warten.«

»Keine Sorge. Wenn wir zurückkommen, liegen da zwei Hundegerippe.«

»Sie schauen uns hinterher.«

»Sie sind längst blind.«

»Sie nehmen Witterung auf, werden uns folgen.«

»Geh einfach weiter«, flüstert Jan. Dafür hat er den Weg nicht gemacht, sicher nicht zweier halbtoter Tölen wegen. »Die beißen nicht.«

Er hat die Harmlosigkeit der beiden Wegelagerer erkannt, geht ihr voraus, auf schmalem Pfad zwängen sie sich hintereinander durchs Gestrüpp. Da raschelt etwas, etwas regt sich im trockenen Laub. Sollten es doch die beiden Hunde sein, zu neuem Leben erwacht? Ein kurzbeiniges Geschöpf mit gelbem Panzer stöbert mit seinem Rüsselchen durchs Laub. Ein Wildtier. Nicht eins, das einmal zum Menschen gehörte, das unheimlich wird ohne dessen Begleitung, das verwildert, das heimatlos geworden, verwahrlost wie die Hunde unter der Steinbank. Nein, ein Gürteltier geht ganz natürlich seines Wegs. Insekten summen im knisternden Wald, der duftet wie sonnenverbrannte Haut – und noch immer kein Hinweis zum Aussichtspunkt. Irgendwann müssten sie ja auf den Felsrand stoßen. Unter Laub und knackenden Zweigen glauben sie einen Trampelpfad zu erkennen. Doch der steinige Untergrund nimmt Spuren kaum auf. Gebückt, den Arm schützend über dem Gesicht, gehen sie langsam weiter. Da rutscht Isabel aus, greift Halt suchend in Dornen.

»Autsch!«

»Lass einfach los, komm«, ruft Jan, offenbar sieht er weiter, »es ist phantastisch!«

Isabel rutscht bis an die Kante. Hier ist die Welt zu Ende. Ein weiterer Schritt und aus! Die Erde bricht senkrecht ab. Eine kleine Mauer genügt zur Begrenzung. Weich in den Knien nimmt sie neben ihm Platz. Jan reicht ihr sein Taschentuch, sie wickelt ihre verletzte Hand darin ein. Schweigend schauen sie in den Abgrund.

Plötzlich ein schneidender Ton wie ein Peitschenknall. Der Flügelschlag eines großen Vogels zerteilt die Luft. Hat er sie übersehen? Er fliegt dicht an ihnen vorüber, sodass er sie beinahe streift. Nimmt er sie mit? Doch anstatt sich aufzuschwingen, gleitet er abwärts. Kreist in die Tiefe, wird kleiner und kleiner, bis er als Punkt erlischt. Genau so, als würde er in den Himmel steigen, sucht er den Abgrund auf.

»Die Schlucht ist so tief«, flüstert Jan begeistert und beugt sich weit über die Kante hinaus, »dass die Twintowers übereinander hineingepasst hätten. Wahnsinn!«

Sie versucht, es sich vorzustellen: wie die Schlucht sich mit Fahrstühlen füllt, mit Gängen, Schreibtischen, Computern, Telefonen, Kaffeemaschinen und Gummibäumen. Neonbeleuchtung an den Decken, Menschen, die online sind, mit der ganzen Welt vernetzt, während ihr Turm im Abgrund steht – und sie merken es nicht. Gehen ihren Geschäften nach. Überprüfen vor dem Toilettenspiegel ihr Make-up, den Sitz ihrer Blusen, Frisuren, Krawatten. In Gedanken sind sie beim nächsten Meeting, bei einem spannenden Date, einem großen Deal. Doch da draußen vor ihren verspiegelten Fenstern, jenseits ihrer klimatisierten Büros ist gar keine Stadt, da sind keine Straßen, Märkte, Restaurants. Da sind gar keine Menschen, nur nackte Felsen.

Isabel hält den glückseligen Jan am Kragen, der die Arme ausbreitet, als wolle er fliegen.

Ganz unten, in unwirklicher Tiefe, windet sich die grüne Schlange des Río Grijalva. Dort herrscht, in märchenhafter Ferne, eine andere Jahreszeit. Üppig quillt und brodelt der Dschungel, während ihr Aussichtspunkt in der Zeit zurückzuliegen oder voraus zu sein scheint, als ob das saftige Grün der Tiefe hier oben von den herbsttrockenen Bäumen und Sträuchern fiele.

Ein Riss in der Erde, trocken und steinig an seinen Rändern, feuchtheiß und fruchtbar in seinen Tiefen. Große Habichte mit weißen Flügelenden kreisen dicht an den beiden vorbei. In aller Ruhe und Selbstverständlichkeit durchmessen sie die Spalte, lassen sich in den eingestülpten Himmel fallen. All das scheint unwirklich und wahr wie ein Traum: die Gleichzeitigkeit der Jahreszeiten, die Starre des Abgrunds, seine in Licht und Schatten getauchten Wände. Ihre Anwesenheit, die Tiefe. Allein die großen Vögel, ihr unvermitteltes Auftauchen, schnelles kleiner

Werden und Verschwinden, lassen die Weite der Schlucht erahnen und schenken ihr Wirklichkeit.

El sumidero: Abgrund, Abfluss, Filter.

·:·

Ein fahler Lichtstrahl fällt auf schwarzbraune Holzmöbel mit reichlich Schnitzwerk und ein schmiedeeisernes Bett. Jan ist auf dem Weg ins Bad, vom Schlafzimmer durch eine Schwingtür getrennt, als ginge es in eine Kneipe, in eine typische *cantina*, es fehlen nur Pfosten oder Eisenringe, um die Pferde davor anzubinden. Die Holzdielen ächzen unter jedem Schritt, als beschwere sich ein alter Geist, den man mit Füßen tritt.

»Woher wusstest Du, dass hier Papageien sind?« fragt Isabel.

»Was für Papageien?«

»Hoffentlich nerven uns die Papageien nicht, hast du gesagt, das war an der Rezeption, noch kein einziger Papagei in Sicht.«

»Habe ich das gesagt?«

»Warum sind wir hier?«

»In San Cristóbal?«

»In diesem Hotel?«

Während er sich wäscht: »Gefällt es dir nicht?«

»Doch, es ist edel. Düster. Unheimlich.«

»Eins der ältesten erhaltenen Gebäude. Geschichtsträchtig. Kolonialzeit. Du warst ganz begierig. *Du* wolltest hierher.«

»Du hast gewusst, dass hier Papageien sind. Du hast dich an sie erinnert. Du hattest Angst, dass sie mich nerven.«

»Stand das mit den Aras nicht im Reiseführer?«

»Egal, wo wir hinkommen, du kennst es bereits. Seltsam.« Sie spricht leise, Jan kann sie nicht verstehen. »Du weißt alles, nichts ist für dich neu, nada, gar nichts.«

»Ich meine, es ist das beste Hotel am Platz. Aber wenn du unbedingt willst ...«

Er putzt sich die Zähne.

»Du folgst deinen Gewohnheiten, so einfach.«

Er spuckt aus. Jetzt steht er im Hemd in der Schwingtür.

»Wir können auch um jeden Ort, an dem einer von uns schon einmal gewesen ist, einen großen Bogen machen. Dann würde es schnell eng werden auf der Welt. Willst du das, einen großen Bogen machen? Willst du eine kleine Welt, nur für dich und mich?«

Er setzt sich zu ihr aufs Bett, Isabel wendet ihr Gesicht ab. Er spürt ihre Anspannung, sein eigenes Herz nervöser schlagen.

»Gut. Ich kannte dieses Hotel. Was spielt das für eine Rolle?«

Zugegeben, das Palaver der Papageien hat ihn selbst überrascht. Eine unerwartete Wiederbegegnung, eine blitzartige Erinnerung, die ihn mächtig in der Zeit zurückgeworfen hat. Schnell hat er sich wieder gefangen. Jetzt ist er hellwach. Er wird sich nicht wegen dieses Federviehs streiten. Er will überhaupt nicht streiten.

»Soll ich den verdammten Aras den Hals umdrehen?«

»Du willst die Zeugen beseitigen?«

»Also dann, alle Papageien zum Verhör!«

»Die sitzen im Käfig.«

»Da sind sie gut aufgehoben.«

Jan packt sie an den Schultern, kippt sie sanft aufs Bett, hält die Zappelnde fest, bis ihr Zorn umschlägt in Lachen.

»Was hast du mit mir vor, Jan?«

»Dich lieben, Isabel, dich lieben!«

»Und die Gespenster?«

»Mach keinen Quatsch, hier spukt es?«

»Bestimmt.«

»Umso besser.«

»Küss mich.«

Isabel fragt nicht weiter. Sie hat es sich überlegt. Sie will nicht wissen. Warum sich beunruhigen über den Rand des Augenblicks hinaus? Jan reibt seinen Kopf, ganz Kater, an ihrem nackten Arm, an ihrer Schulter, kitzelt sie mit seinem üppigen, weichen Haarschopf. Sie erwidert seine Zärtlichkeit, lässt ihre Finger mit seiner Mähne spielen.

Zu tief hat sie heute in den magischen Abgrund geschaut. Jetzt fühlt sie die Kluft, spürt deutlich das Ungesagte, Unaussprechliche, Übergangene. Plötzlich ist da eine Distanz, und keine Brücke, um sie in einigen mutigen Schritten zu überwinden. Jan bedeckt ihre Schultern, ihre Halsbeuge mit schwebenden Küssen.

Er ist schon einmal hier gewesen, gut. In diesem Hotel. Doch nicht zufällig im selben Zimmer? In diesem Bett, in dem er sie jetzt zu betören versucht? Wie zuvor eine andere? Natürlich. Sie hat es gewusst. Hat es gewusst, ohne es sich einzugestehen. Und er? Er hat es ihr leicht gemacht, hat immer nur von sich gesprochen. So wie sie immer nur von sich gesprochen und ihre Geschichte, Robert, beispielsweise, unterschlagen hat. Ich, Mexiko. In einem Atemzug gesagt, kein Gedanke, keine Geschichte, kein anderer zwischen Jan und seinem gelobten Land. Kein Störenfried im Paradies, keine Versuchung und kein Sündenfall. Kein entblößt vor Gott stehen und nach Feigenblättern greifen, um notdürftig den Übertritt zu verdecken, das Bewusstsein der eigenen Niederlage. Eva ist verschwunden, hat sich in Luft aufgelöst. Vielleicht hat sie nie existiert, hat Adam weder bezaubert noch verlassen. Die Hunde, die Straßen, die Orgelkakteen, das Corona, der Pazifik, der lange, menschenfeindliche Strand. Alles gehört ihm. Seine Augen funkeln entschlossen. Ich, Mexiko. Da ist kein Platz für einen anderen. Er würde alles verderben. Es ist immer der andere, der seine Träume durchkreuzt, sein Land verwüstet. Der ihn verzweifelt macht mit seinen Zweifeln, die er weder für sich behalten, noch lösen und vergessen kann.

Jan ist verliebt, mutig, verrückt genug, denselben Weg noch einmal zu gehen, mit geöffneten Augen: Er will die Welt nicht vergittert sehen im Vorgefühl der Einsamkeit, in Diskussionen verstrickt – Tage auf dem Hotelzimmer und keinen Fuß vor die Tür wagen, in die Wirklichkeit hinaus, ans Tageslicht, wo sie zerfallen würden zu Staub. Reisen will er bis ans Ende jener Fragen, und über jenes Ende hinaus. Die Frau an seiner Seite will er festhalten, will selbst nicht mehr fliehen. Versteht Isabel, versteht sie nicht?

Lassen wir die Papageien Papageien sein. Die großen, geselligen Vögel waren schon immer hier und werden immer hier sein. Sie werden sich nicht an Jan erinnern. Er ist nur einer von vielen Gästen im Laufe einer Saison, einer von tausenden im Laufe ihres langen Papageienlebens. Sie werden sich nicht an Isabel erinnern. Auch sie ist nur kurz zu Gast im langen Leben dieses Hauses. Und die andere, hat wenigstens ihre schillernde Erscheinung Spuren hinterlassen? Die warnenden Rufe der Aras, als sie ihre Koffer durch den Hof rollen, ihr plötzlicher Aufruhr. Haben sie Jan erkannt? Was geht vor in einem alten Papageienhirn, haben sie sich lustig gemacht? Über Jan, über Isabel? Am Abend eines abenteuerlichen Tages sind beide erschöpft.

Die Fahrt durch die Berge von Tuxtla Gutiérrez nach San Cristóbal de las Casas, von der gegenwärtigen zur ehemaligen

Hauptstadt von Chiapas, ist schwindelerregend. Zwei Stunden Fahrtzeit für eine Strecke, die auf der Straßenkarte nicht länger als Isabels Daumen breit erscheint. Und wieder ist die Welt eine völlig andere. Zahllose Serpentinen haben sie sich hoch und höher geschraubt, haben das subtropische Tal gegen immer kärgeres Hochland eingetauscht, ein geschäftiges Verwaltungs- und Handelszentrum mit nüchternen Zweckbauten gegen einfache Hütten, kleine Maisfelder, Wald; Coca-Cola trinkende Geschäftsmänner in weißen, über den runden Bäuchen spannenden Hemden und strammen Anzughosen über den schweren Gesäßen, Söckchen und fest geschnürten Halbschuhen, ans Handgelenk gekettete Aktenkoffer schwingend, Handys am Ohr, gegen knochige *campesinos* in weiter, weißer Baumwollkleidung und Sandalen an den Füßen, Strohhut auf dem Kopf, Hacke oder Machete über der Schulter.

Saßen sie am Vorabend in einer schrillen Bar mit Neonbeleuchtung und tranken Cocktails, so essen sie am Tag darauf an einem Holztisch bei Dämmerlicht Hühnersuppe mit Reis und trinken Bier. Verbrachten sie die vergangene Nacht in einem funktionalen Hotelzimmer mit röhrender Klimaanlage, so nächtigen sie heute in einem Gebäude aus der Kolonialzeit. Den anonymen Investor des ersteren haben sie – im Salto rückwärts durch die Zeiten – gegen einen bekannten, ja berüchtigten Konquistadoren eingetauscht, das Hotel Plaza Chiapas mit Parkplatz und Internet an einer Hauptstraße gegen das Hotel Santa Clara direkt am Zócalo – ehemaliger Wohnsitz des spanischen Eroberers von Chiapas, dem für seine Grausamkeit berüchtigten Diego de Mazariegos.

Sie hat Durst, greift nach der bereitstehenden Karaffe und verlässt das Zimmer.

Im Patio unterhalten sich die vier ältlichen, etwas zerfledderten Ara-Papageien. Genau genommen hält einer von ihnen eine aufgebrachte Rede und die anderen kommentieren mal lauthals, mal geben sie Zeichen interessierten, verständnisvollen Lauschens. Rezitativ und Chor: Einer erzählt eine Geschichte, stellt seine Überlegungen an, und die anderen wiegen nachdenklich ihre Köpfe, geben zu bedenken. Noch einmal beginnt der Erzähler von vorn, bläut seinem Publikum die Geschichte ein: So, und nicht anders! Die Steinfliesen im Umfeld des Käfigs sind mit Federn und Kot verdreckt. Ein Angestellter kommt mit einem Wasserschlauch, beginnt mit der sorgfältigen Reinigung. Die Papageien protestieren, versuchen den Wasserspritzern zu entgehen, können ihre großen Schwingen in der Beengtheit des Käfigs nicht ausbreiten, lassen Federn. Derart bedrängt krallen sie sich an die Deckenstäbe und verfolgen kopfunter die Putzarbeit, an die sie sich niemals werden gewöhnen können.

Am kleinen Wasserbuffet hat Isabel ihre Karaffe mittlerweile mit *agua purificada* gefüllt, schaufelt Eiswürfel aus dem Kühlfach dazu und begibt sich auf den Rückweg. Der überdachte Rundgang ist mit geschnitzten Tischen und Stühlen möbliert, Ledersessel, auf denen sich die Herrschaften vieler Generationen niedergelassen haben, sind um einen offenen Kamin gruppiert. Kaminbesteck hängt an der Wand, die Schütte ist mit Brennholz gefüllt. Der Sprung in eine andere Zeit erscheint so leicht und bedenkenlos wie ein Gang ins Kino. Vor ihrem Zimmer angekommen, steckt Isabel den märchenhaften Eisenschlüssel ins märchenhafte Eisenschloss. Die schwarze, mit Schnitzwerk überzogene Tür gibt geräuschvoll nach. Im Dämmerlicht schenkt sie ein, tippt mit dem Zeigefinger ein paar Eiswürfel in die Gläser, reicht Jan das frische Wasser, der schon ausgestreckt im Bett liegt, seinen Kopf auf die hohen

Kissen gebettet. Nachdem sie getrunken haben, stellt sie die Gläser auf die schwarze Kommode zurück, streift ihre Sandalen ab und lässt ihren Rock fallen. Sie schlüpft unter den Deckenberg.

Jan streckt seine Arme nach ihr aus, sagt zärtlich: »Ich bin sehr glücklich mit dir.«

Isabels Blick fällt auf die alte Holzdecke, sie denkt: Diese Balken sind noch da, wenn wir hier abgereist sein werden, ich weit weg sein werde, tot.

Er spricht rührende Worte.

Isabel, leise: »Wir werden zu alt für das bisschen Glauben in uns.«

»Dann müssen wir eben noch älter werden und unseren Glauben wieder finden.«

»Älter als dieses Haus?«

»Viel älter. Was lachst du?«

»Ich stell's mir vor.«

Er berührt sie sanft, umschmeichelt mit weicher Hand ihre Hüften, flüstert: »Komm.«

Sie steigt über ihn, umfasst seine Hände links und rechts seines Kopfes, senkt ihre Brüste auf seine Brust und schaut ihn ruhig an. Lange, lange schauen sie sich nur an.

Sein Hemd spannt sich über seinem schwellenden Schwanz.

Sie schiebt ihre Hand zwischen Hemd und Haut, schiebt den Stoff langsam höher, trinkt aus Jans großen, grauen Augen Liebe, Verlangen.

Sein Schwanz ist endlich frei, tanzt freudig aufrecht.

Ihr Schoß senkt sich, fängt ihn ein, tanzt mit, kreisend, wippend. Umschließt ihn, senkt sich tief, und tiefer. Eng umschlungen tanzen sie weiter.

Jans Lippen öffnen sich über seinem dunkel glitzernden Mund.

Sie taucht ihre Zunge in seinen Schlund.

Beide sprechen jetzt *eine* Sprache …

Nacht jetzt. Die kalte, menschenferne Bergluft füllt das Zimmer, legt sich über die Gesichter seiner Gäste. Während ihr Körper geschützt unter dem dreifachen Deckenberg liegt, Jan sie wärmt, ruhig atmend im Schaf, sieht sie den Cañón del Sumidero wieder vor sich, sieht die Erdspalte als klaffende Wunde: halb Fleisch, halb Stein, und den Río Grijalva halb Wasser, halb Blut.

Der spanische Entdecker Juan de Grijalva erblickt den Fluss als erster Europäer im Jahr 1518, als er im Auftrag Diego de Velasquez', des Gouverneurs von Kuba, Yucatán und die Golfregion erkundet. Blutigen Konflikten mit den einheimischen Völkern weicht Grijalva nach Möglichkeit aus. Häufig wird er freundlich empfangen, handelt friedlich mit Angehörigen der Mayas und der Totonaken und, wiederum als erster Spanier, mit den Azteken, und zieht beschenkt weiter. Größere kolonialgeschichtliche Verdienste erwirbt sich der scheue Mann auf diese Weise nicht, im Gegenteil: er habe die Eroberung verspielt, wird ihm von Seiten seines Auftraggebers vorgeworfen. Seine Mitbringsel jedoch, die kunstvollen Goldschätze, wie man sie in der alten Welt noch nicht gesehen und die Grijalva durch billigen Tauschhandel so leicht erzielt hat, entfachen das große, heillose Eroberungsfieber. Weitaus entschiedenere Männer treten auf den Plan. Hernán Cortés schickt den Zögerlichen mit einer Abfindung nach Kuba zurück, wo Juan de Grijalva, noch nicht vierzig Jahre alt, stirbt. Dem zu seiner Zeit, noch vor dem Bau der großen Staumauer, wilden, in gefährlichen Stromschnellen dahin flutenden Gewässer hinterlässt er immerhin seinen Namen.

Die Chiapas haben sich auf der Flucht vor den Konquistadoren von den Klippen des Canyons gestürzt. 1532, unbegreiflich, ein Zeitraum selbst wie eine tiefe Kluft. Die Geschichte liegt so lange zurück, dass die Menschen, die sie geschaffen oder durch fremde Hand erlitten haben, in Isabels Vorstellung winzig klein wie Ameisen erscheinen, die über eine unendliche weiße Fläche rätselhafte Wege zurücklegen.

Und heute sind sie Gäste in des ehemaligen Kolonialherren Haus. Hier, vielleicht in diesem Zimmer, hat er sich das Blut, sei es sein eigenes oder das seiner Gegner, von Gesicht, Händen, Brust und seinem Glied gewaschen. Hat sich in frische Laken gelegt, für deren Reinheit seine Sklaven Sorge tragen. Hier hat er von Macht und Reichtum geträumt, von mehr Macht und noch mehr Reichtum. Hat das Unwahrscheinliche geträumt: Wie kriegsbemalte, befiederte Männer mit Messern, Speeren, Pfeilen und Äxten sich seinem mit Armbrüsten, Büchsen und Kanonen schwer bewaffneten Fußvolk und seinen fechtenden Reitern auf mit Schellen behangenen Pferden entgegen werfen. Hat geträumt wie sie, kurz vor dem nächsten Angriff, dem Geschehen plötzlich den Rücken kehren und sich zurückziehen. Was haben sie vor, wo wollen sie hin? Ihre Dörfer sind vernichtet, niedergebrannt. Wohin auch der Blick fällt, Verstümmelte, Tote, Asche, Blut.

Sie ziehen an den Rand der Welt. Mazariegos sieht die gegnerischen Krieger, deren Frauen, Kinder und Alte am Abgrund stehen. Und er sieht sie springen, die einen stumm, andere mit unwiederholbarem Schrei. Frauen mit Kindern auf den Armen, auf dem Rücken, an den Händen. Mancher Mann mit seinem Speer, seinem Schild, mit Köcher und Bogen. Andere lassen die nutzlosen Waffen am Felsrand liegen. Diego de Mazariegos steht am Rande des Abgrundes, wo seine Feinde, die einstigen Eigner dieser Gegend, eben noch geatmet, geweint und sich zu Tode gefürchtet haben. Er schaut hinab und begreift, dass dieser verrückte Landstrich jetzt ihm gehört. Ihm allein. Das alles hat sich in Wirklichkeit abgespielt. Wovon soll er noch träumen? Hat er nicht alles erreicht?

Isabel ist kurz eingeschlafen, wacht erneut auf. Sie starrt an die dunkle Decke, wo schwarze Balken langsam Kontur gewinnen, erkennt die Umrisse einer Hand – es ist ihre Hand, sie folgt ihrem Befehl, ahmt den Flug des großen Habichts nach, der sich aus der Reichweite ihrer Augen in den Abgrund schraubt. Es geht nicht mehr zurück, Isabel. Nur im Flug geht es auf die andere Seite, die Kluft ist tief. Haben sie die Felsspalte nicht gleichzeitig gesehen? Einen unfassbaren Abgrund, so unwirklich stark und schön, dass ihr Erlebnis sie verbinden, sie ein Stück weit gleichmachen, sie dasselbe empfinden lassen müsste? An ihren Eigenschaften, ihren Erfahrungen, Zweifeln, Ängsten vorbei gleichmachen – wie der Tod?

Seine Hand liegt leicht und zärtlich um ihre Hüften. Ist er so glücklich, wie er sagt? Bereut er insgeheim seinen Entschluss? Hält einfach durch, was er einmal angefangen hat? Weil es schwierig wäre, die Reise abzubrechen, ab jetzt getrennt zu reisen? Wie tief wurzelt die Entscheidung zur gemeinsamen Reise in Jan, wie tief in ihr selbst?

1532 springen die einstigen Bewohner dieses Landstrichs erschöpft und verzweifelt vor ihren Verfolgern in den Tod. An vergleichbarer Stelle, wo Isabel und Jan heute gestanden und hinabgeschaut haben. Dort, wo die Unterschiede sich aufheben, und alle Menschen einander gleich werden müssten. Die Chiapas wollten sich nicht töten, sich nicht unterwerfen lassen. Von heute aus betrachtet, haben die Sieger jener blutigen Schlachten ihre Opfer um einen Wimpernschlag nur überlebt, um ihnen gleich darauf im Totenreich wiederzubegegnen. Ihre Kinder erbten von beiden.

Er kann sie nicht bei sich behalten. Immer wieder sprudelt seine Geschichte aus ihm heraus, legt sich auf ihre Lust wie ein Pilzbefall. Sogar seine Haut verliert ihre Nacktheit, sie fühlt sie nicht mehr.
»Zieh dich aus«, sagt sie, »du hast ja noch deine Geschichte an! Wie soll ich dich lieben, durch all den Stoff hindurch? Vergiss deine Erinnerungen, wirf sie zu den Kleidern, die wollüstig auf dem Boden liegen. Ich will dich nackt!«
Das Gedächtnis überzieht die Haut mit stumpfen Gedanken, an die Stelle des Fleisches treten die Täler und Gipfel alter Geschichten. Sie hasst sie, sie stehlen ihr ihren Geliebten, rücken ihn von ihr weg in eine andere Zeit. Wen hält sie in ihren Armen? Wer hält sie umschlungen, dringt lüstern in sie ein?
»Wo bist du?« ruft sie.
»Wo soll ich sein?« echot seine Stimme durch ihr Fleisch hindurch. »Ich bin in dir.«
Und er erzählt ihr, was er da sieht, was sie tun in den Augen seiner Lust, beschreibt unerhörte, schamlose Szenen. Bilder seiner Phantasie, Bilder seiner Erinnerung.
Angelockt von seiner Stimme, kehren scheu die Körper zurück. Schwarze Tiere auf rotem Grund, rote Tiere auf schwarzem Grund.

Es lässt sich nicht festhalten. Plötzlich reichen sie ihr nur noch bis zur Hüfte. Sie sitzen auf Kisten, auf dem Boden. Sie haben keine Beine, sind auf Rollbrettern unterwegs, schleifen ihre lahmen Glieder an Krücken voran. Sie sind alt, gehen gekrümmt. Oder jung, wie das Mädchen mit den stramm geflochtenen Zöpfen, das einen prächtigen Hahn an den hornigen Beinen in Richtung Markt trägt. Sein Gefieder schillert, vom Blut im Kopf ohnmächtig geworden, schleift sein stolzer Kamm im Sand.

Auf Holzbrettern und Kacheln liegen Fleisch und Fisch lose ausgebreitet. Hülsenfrüchte und Heuschrecken werden in Säcken und Schachteln angeboten, Früchte und Gemüse warten in Eimern auf ihre Käufer. Es gibt keine Kühlschränke, kaum Eis, um die Lebensmittel frisch zu halten. Beißender Faulgeruch erfüllt die Halle. Hunde traben hungrig zwischen den Ständen hindurch, recken ihre vernarbten Köpfe. Niemand scheucht sie. Kein Lachen durchbricht den stummen Handel, keine Geste die bleierne Trostlosigkeit. Verblasste Girlanden lähmen die Luft wie ein Trauerflor.

Sie will fotografieren, lässt es sein. Nichts von dem, was sie sieht, könnte sie einfangen. Auch nicht den Gestank. Die Not. Die trockenen Zungen der Hunde. Die mit Händen schier greifbare, verzweifelte Wut. Die Verletzungen. Das dumpf Lauernde. Das Schwarz zwischen den Dingen, das helle Schimmern in den Ritzen. Das Aufscheinen von Ungeduld, von Gewalt in den Augen, von Wut und Müdigkeit. Ein paar Schnappschüsse macht Isabel dann doch, aus der Handtasche heraus. Eine Taschendiebin, die den kürzesten Weg nach draußen sucht.

»Jan! Wo hast du gesteckt?«

»In der Halle.«

»Ich glaubte dich schon verloren.«

»Ich bin nicht eine Sekunde von deiner Seite gewichen.«

»Sind wir schon so sehr aneinander gewöhnt, dass wir uns übersehen?«

»Es war ziemlich dunkel da drin. Und der Gestank. Kaum auszuhalten.«

»Wahrscheinlich habe ich dich mit einem dieser ausgehungerten, narbenköpfigen Hunde verwechselt.«

»Verstehe. Eher als ein solcher Hund bin ich ein Schwein.«

»Ein Schwein? Eins, das in seine Teile zerlegt und verwurstet wird?«

»Nein, ein putzmunteres, lebendiges Schwein, das überall zu fressen findet.«

»Aha. Und wie macht das Schwein das?«

»Gibst du einem Schwein einen Tritt, frisst es gleich da weiter, wo es gelandet ist.«

»Und du bist so ein Schwein?«

Er grunzt vergnügt.

»Du fürchtest dich nicht vor einem einzigen Bild, das du so nebenbei, aus Lust und Laune von dir in die Welt setzt. Das ist ein Fehler.«

»Ganz im Gegenteil. Wenn einer glaubt, mich zu kennen, erfährt er gleich, dass er sich täuscht. Was willst du denn sein, ein Huhn oder ein Habicht?«

»Warte. Wenn ich dir einen Tritt gebe – frisst du gleich an der Stelle weiter, an die er dich verfrachtet hat? Oder drehst du dich noch einmal zu mir um und frisst erst dann?«

»Kommt ganz darauf an, ob dein Tritt mich überrascht.«

»Früher oder später musst du damit rechnen, nicht?«

»Früher oder später muss man mit allem rechnen. Ein Schwein rechnet immer damit.«

»Also wirst du weiter fressen.«
»Sicher. Du auch.«
»Wirst du dich noch einmal zu mir umdrehen?«
»Ja.«
»Und dann wirst du fressen?«
»Willst du mir dabei zusehen?«

⁂

Auch auf dem kleinen baumbestandenen Plateau der Iglesia Santo Domingo wird Markt abgehalten.

Indiofrauen bieten traditionelles Kunsthandwerk an, einige weben mit transportablem Rückengurt- oder Gürtelwebrahmen. Eine alte Webart, bei der die Stoffbahn, zwischen den Hüften der knienden Frauen und einem Baum befestigt, verwoben wird.

»Was sagst du dazu?« fragt Isabel, zeigt auf handgemachte Folklorepuppen, gekleidet wie die Frauen, die sie verkaufen; die Püppchen aber tragen einen schwarzen Kopf- und Gesichtsschutz, *pasamontañas*, Utensil und Erkennungszeichen des Nationalen Befreiungsheeres der Zapatisten. Manche der Püppchen sind mit kleinen Holzgewehren versehen.

Zwischen bunt bestickten Trachten, farbenfrohen *huipils* und *rebozos*, werden die finsteren Gesichtsstrümpfe in Originalgröße feilgeboten, ein Schlitz für die Augen und ein kleinerer für den Mund, eine Art von Skimützen aus dicker, schwarzer Wolle.

»Wie hieß er noch … Subcomandante Marcos?«

Der Subcomandante mit Maske und Pfeife, ein neuer Che Guevara, dessen poetischer Sprachgestus Freunde und Feinde gleichermaßen verblüfft, der Shakespeares Sonette und den

Don Quichotte in seinem Dschungelversteck so nonchalant zitiert wie die marxistischen Philosophen. Sogar einen packenden Thriller hat er in seinem Schlupfwinkel verfasst mit dem Titel »Unbequeme Tote«. Wo sie morgens gefrühstückt haben, sind die Wände mit verstaubten Gewehren und Postern des Bauernführers Emiliano Zapata dekoriert gewesen, dazwischen Fotos von Marcos mit Pfeife und ›Skimütze‹. Beim Kaffee hat Isabel in dort ausliegenden Schriften geblättert und das revolutionäre Sammelsurium um sie herum für eine linke Antiquitätensammlung gehalten. Doch gleich darauf begegnet sie der Maske wieder, diesmal nicht zwischen speckigen Taschenbuchdeckeln und an verrauchten Kneipenwänden, sondern in Wirklichkeit, am helllichten Vormittag auf buntem Markplatz unter strahlend blauem Himmel, wie ihn B. Traven pries: *Die Luft in dieser Höhe ist so klar, so rein, dass sie mit nichts anderem an Reinheit verglichen werden kann.*

Die schwarze Maske, Zeichen und Utensil des gewaltbereiten Aufstandes. *Democracia, libertad, justicia.* Massenhaft Masken für einen weiten Weg zum Ziel. Massenware Maske, um eine unbestimmte Anzahl von Menschen zu verstecken und zu verwandeln. Maske des Übergangs. Hüllen werdenden Lebens. Ihre gegenwärtige Schlaffheit ist die gespenstische Ruhe ungespielter Kasperlepuppen, die reglos ihrer Belebung durch einen Menschen harren. Es braucht nicht viel Phantasie sich vorzustellen, wie sie ihren Platz über augenblicklich entschlossenen Gesichtern finden.

Haben die Frauen in den bunten Trachten, die die Masken vor sich auf ihren Tüchern ausgebreitet haben, sie hergestellt? Zu welchem Zweck, als Souvenir, Folklore, für den Einsatz? Zur symbolischen Solidarität mit den Kämpfern, die sich irgendwo in den Wäldern verstecken? Für anstehende Demonstrationen?

Wer ist bereits im Besitz einer Maske, wird sein Gesicht – vorübergehend – dahinter verschwinden lassen? Schwarze Maske, schwärzer als die schwarzen Wollröcke der Frauen, schwärzer als ihr glänzendes, zu Zöpfen geflochtenes Haar.

Die farbenfrohen Trachten, prächtigen Blumenmuster in unmittelbarer Nachbarschaft der finsteren Larven bewirken eine befremdliche Spannung. Wie lautet ihr Zusammenspiel? Ob prachtvolles Kunsthandwerk oder schwarze Mütze: hier sind es *Waren* – doch von widersprüchlicher Ausstrahlung, anderer Natur. Die Textilien sind ein feierliches, heiteres Fest. In ihrer Pracht und handwerklichen Gelungenheit verströmen sie bei Anblick Glück, schmücken den, der sie trägt, zur Augenweide. Das Heer der Masken daneben ist unheimlich. Zwischen den Händlerinnen und den vorbeiziehenden Kunden liegt diese Ware im Zwielicht. Die Mützen sind keine alltäglichen Gebrauchsgegenstände wie irgendein Schal oder Kochgeschirr, sie sind auch kein Kinderspielzeug. Als wäre dies ein Tabu, werden sie den Touristen auch nicht werbend entgegengestreckt, dennoch finden die *pasamontañas* leichten Absatz.

Zwei schlaksige nordamerikanische Jungs in weiten, tief übers Gesäß hängenden Jeans lesen zwei Wollmützen auf, begutachten sie fachsinnig, zahlen und gehen des Wegs. Der eine stopft seine Anschaffung unter den Hosenbund, der andere schwingt sie locker an zwei Fingern in Hüfthöhe. Mit ihrer auffälligen Körpergröße und ihren flatternden T-Shirts sind sie deutlich im Marktbild zu erkennen. Was haben sie vor, die Zapatisten im lakandonischen Urwald zu besuchen? Als Mitstreiter, ausländische Beobachter, Revolutionstouristen? Subcomandante Marcos hat schon ganz andere empfangen und abgewiesen. Preisgekrönte Schriftsteller und hochrangige Persönlichkeiten haben ihn aufgesucht und mit ihm philosophisch-politische

Streitgespräche geführt, über Literatur diskutiert, die Globalisierung und den Begriff der Würde. Sie haben ihn mit Lektüre versorgt und mit Wurstspezialitäten, auf seinen ausdrücklichen Wunsch hin mit spanischem Chorizo. Marcos hat die Maske berühmt gemacht und diese wiederum ihre Träger. *Ihr alle, die ihr Politiker werden wollt, seht zu, dass eure Maske so weit wie möglich euer eigenes Werk ist, fertigt sie selbst an, denn nur so könnt ihr vermeiden, dass eure Feinde oder eure Mitstreiter sie euch aufsetzen – sie euch aufzwingen; macht sie nicht so starr, fest und undurchdringlich, bis sie euer Gesicht platt drückt, denn früher oder später muss man auch das Gesicht zeigen.*

Soll sie sich solch einen Kopfschutz kaufen für ihren nächsten Skiurlaub? Noch hat sie keinen Bankraub geplant. Um einfach zu testen, wie sich das anfühlt? Wie das Gesicht unter der schwarze Wolle zu schwitzen beginnt, die Haut zu jucken? Was würde passieren, wenn sie sich eine über den Kopf zöge und damit durch die Stadt ginge? Oder sie tragen mit Jan im Bett? Sind die schwarzen Gesichtsstrümpfe erotisch? Jan findet sie abstoßend.

»Lass uns hier abhauen. Was mich betrifft, ich habe für heute genug Trödel gesehen.«

Der Boden schwankt unter Isabels Schritten, die Erde hängt schief wie in veränderter Rotation. Ein Effekt der Masken? Sie verlassen den Markt in Richtung Zócalo. Ist diese Stadt heimlich dabei, ihr altes Gesicht abzulegen? Schon jetzt, beim wiederholten Gang durch dieselben Straßen, scheint dieser Ort verändert, als hätten die farbigen Häuser, das Straßenpflaster, die hohen, schmalen Bürgersteige, ja, selbst der Himmel über der Stadt, Masken übergestreift. Die Verkäufer in den Läden, die Handwerker in den Werkstätten, die Maler, die einer lachsrot und blau gehaltenen Fassade einen frischen Anstrich verpassen, haben ihre Gesichter verhüllt. Einen letzten Augenblick lang stellen sie noch die Menschen dar, die sie schon nicht mehr sind, erfüllen ihre Rolle nur noch zum Schein.

Auch Isabel und Jan gehen verkleidet, tragen eine Maske, die sie nicht ablegen können, die Maske ihrer weißen Haut, Maske der Eroberer, Herrscher, Missionare. Sollten sie nicht besser verschwinden? Angelangt vor Diego de Mazariegos Palast, schauen sie an der prächtig verzierten Fassade hinauf zu den Fenstern, aus denen der Herrscher auf seine Stadt gesehen hatte.

Auf Mazariegos Geheiß wurde San Cristóbal gegründet, im Stil seiner spanischen Heimatstadt entworfen, von Geknechteten errichtet, mit Diebesgut möbliert und geschmückt. Gegen den Machtanspruch der Azteken hatten die Chiapas sich noch erfolgreich gewehrt, gegen die Geschütze, tödlichen Seuchen und die christliche Taufe der Europäer versagten aber ihr Immunsystem und ihre strategischen Mittel. Ihr erster spanischer Bischof, Bartolomé de las Casas, angewidert und bekümmert angesichts der Brutalitäten seiner Landsleute, verweigerte uneinsichtigen Herrschern auf dem Sterbebett die Absolution, sollten sie auf dem Besitz ihrer Raubgüter beharren. Im Mutterland verurteilte man den Mitleidsvollen des Hochverrats, die Stadt San Cristóbal ehrte ihn Jahrhunderte später durch die Beifügung seines Namens. Und heute?

Der Junge an der Rezeption taucht, als er die Gäste bemerkt, aus seiner Lektüre auf, haspelt schnell: »A sus órdenes«. Sein Lächeln ist zum Verlieben scheu. Trägt auch er eine Maske? Sie durchqueren den Patio mit den Aras, die gerade die Konversation gelangweilter alter Tanten machen, deren Fragen so rhetorisch klingen wie ihre Antworten müde.

Sie steigen die roten Stufen zu ihrem Zimmer hinauf, Isabel

steckt den märchenhaften Eisenschlüssel ins Schloss. Als die schwere Holztür aufspringt und sie in den Dämmerraum gleiten, erscheint es ihnen selbstverständlich. Als wären sie im Laufe ihres Lebens immer wieder in dieses Zimmer zurückgekehrt, hätten sich auf das federnde Bett mit seinen sieben Decken gestreckt. Ungezählte Male hätte es unter ihren Bewegungen nachgegeben und sie mit Wärme und Weichheit beschenkt.

Isabel streift ihre Umhängetasche ab, entnimmt ein kleines Päckchen, faltet es vorsichtig auf. Zwei Figürchen aus schwarzer Terrakotta kommen zum Vorschein. Es könnten Hunde sein, sie entscheidet sich für kleine Ochsen. Die *animalitos* haben es ihr gleich angetan, sie schauen freundlich und ein wenig unheimlich aus ihren leeren, runden Augenhöhlen. Keinen Augenblick hat sie gezögert und ist im Laden der Handwerkskooperative mit ihnen zur Kasse gegangen. Jetzt schauen ihre kleinen Ochsen von der schwarzen Kommode auf die beiden großen Ochsen im federnden Bett.

✣

Als sie später am Abend erneut Platz nehmen im Revolutionsdekor, wo er zwei Jahre zuvor, fast auf den Tag genau, bereits mit Caroline gesessen hatte, überfällt ihn sein Gedächtnis, spricht mit ihrer Stimme: Wieder suchst du die Antwort bei mir …

Du suchst den Knacks, den ersten unscheinbaren Riss, der sich rasch zu einem unüberwindlichen Abgrund mausern könnte. Du willst ihn diesmal umgehen. Du willst nicht, dass das mühsam Geklammerte erneut einreißt, dass sich deine Misere wiederholt. Darum denkst du ununterbrochen an mich. Unablässig höre ich meinen Namen durch dein Gedächtnis hallen. Weil du den Fehler suchst, bei mir, bei uns. Darum bin ich dir lieb, als Erinnerung täglich lieber, weil unser Scheitern dir den Weg weist. Nie habe ich dich anhänglicher gesehen und so verliebt wie jetzt, in meiner Abwesenheit. Ich sehe dich unsere Strecken gehen. Du begehst sie sorgfältig wie ein Rennläufer, der sich vor Startschuss ein genaues Bild macht. Dein an mich verlorenes Land zurückzuerobern, darum geht es. Es scheint dir zu gelingen, du bist glücklich. Du fühlst dich sogar so leicht, dass du mich in deinem Leichtsinn schon wieder vermisst. Du rufst mich. Ich soll nicht fehlen in deinem, in *eurem* Glück! Jetzt sprichst du meinen Namen sogar laut aus. Du erzählst eine kleine, harmlose Begebenheit, die uns nicht einmal schmückt. Aber immerhin. Ja, in diesem Lokal mit dem schwermütigen Revolutionskitsch hatten wir einmal gesessen, ich erinnere mich. Stimmt, die Suppe war gut. Dann hatten wir getrunken, einige Gläschen Mezcal, wollten die verstaubten Gewehre von den Wänden holen. Vorsicht! Deine Freundin wird blass – es entgeht dir. Ich habe mich wohl zu unvorsichtig in deinem Kopf bewegt. Ein Glas geht zu Bruch …

Am Vormittag haben Tür und Fenster weit offen gestanden und die Sonne hat herein geschienen. Jetzt sind die Fenster geschlossen, anstatt des Tageslichts flackern Stummelkerzen auf den Tischen. Die kleine Speisekarte ist schnell überflogen, Bier, Hühnersuppe und gegrilltes Rindfleisch mit Reis sind bestellt.

Jan ist gut gelaunt, doch ein Gefühl von ›alles fake‹ will sie nicht verlassen. Nach all den Masken und Maskeraden des Tages erscheint der ganze Ort ihr wie eine Bühne, auf der ein mysteriöses Theaterstück gespielt wird, und sie begreift ihre Rolle nicht und nicht die Jans.

Als sei sie noch unterwegs, säße nicht hier. Als wäre es einem

Zufall zu verdanken, dass sie Jan dennoch sehen kann. Im schwarzen Leinenhemd sitzt er ihr gegenüber. Seine Haut ist gebräunt, seine Augen leuchten im dunklen Gesicht magisch hell, sein graues Haar ist von Salzwasser und Sonne fast weiß geworden.

Der Kellner kommt mit zwei dampfenden Suppenschalen, stellt eine vorsichtig vor sie, eine vor ihn auf den Tisch, vergewissert sich, dass beide Löffel am Platz liegen, korrigiert ihre Lage. Jetzt kann Isabel die Suppe sogar riechen. Eine perfekte Illusion. Sie kann Jan hören, der die Suppe lobt, und sich antworten, ja, sie dufte auch ganz wunderbar. Im Teller kann sie kleingeschnittene Avocado, Tortilla, Hühnchenfleisch und Koriander erkennen.

Sie greifen nach ihren Biergläsern, prosten sich zu und trinken. Dann strecken sie sich ihre gebräunten Hände über dem Tisch entgegen.

»Sag mal Jan, wann bist du ergraut?« fragt Isabel ihn halb im Scherz.

»Eines Morgens schaute ein alter Mann aus dem Spiegel.«

»War es hier, in San Cristóbal?«

»Wie kommst du da drauf?«

»Der alte Hotelspiegel hat es mir verraten.«

»Bist du sicher, dass er dich überhaupt erkannt hat? Alte Hotelspiegel haben schon so viel gesehen, dass sie darüber erblinden.«

»Caroline hat die Papageien nicht gemocht, stimmt's?«

Jans Hände zucken in ihren Händen, wollen sich zurückziehen.

»Caroline? Sie hat sie gehasst. Sie reagiert allergisch auf Käfige. In ihren Augen hat jeder Ort das Zeug zum Gefängnis. Jede Klinke, jeder Riegel, jedes Schloss muss untersucht werden. Was ihrem Griff nicht gleich nachgibt, das verdammt sie. An jeder Lade, jeder Tür wird gerüttelt, nachts müssen die Fenster weit offen stehen, egal wie kalt und zugig es ist. Schon ein Fliegengitter macht sie nervös. Du kannst dir ihre Übellaunigkeit nicht vorstellen.«

»Die Papageien haben sich ihre Käfige nicht selbst gebaut.«

»Egal, beim Versuch, sie zu fotografieren, hat sie die Wut gepackt.«

»Fühlte sie sich derart eingesperrt?«

»Ich durfte ihr nicht einmal sagen, dass ich sie liebe.«

»Was für ein seltsamer Zufall, dass wir ausgerechnet in eurem Hotel gelandet sind.«

»*Unser* Hotel steht jedem offen.«

»Du hast es im Reiseführer angekreuzt.«

»Möglich. Mache ich immer so. Eine Auswahl, wenn Nummer eins nicht frei ist, geht man zu Nummer zwei.«

»Du bist ein praktischer Geist.«

»Ich hasse unnötige Schwierigkeiten. Es bleibt doch genug, was vor Ort schief gehen kann.«

»Oder gelingen.«

»Oder gelingen. Aber dafür muss man den Kopf frei haben und nicht verzweifelt ein Zimmer suchen.«

Wie kommt sie hierher? Als säße sie versehentlich auf diesem Stuhl. Als hätte sie unrechtmäßig diesen Platz eingenommen und müsse jederzeit mit ihrer Vertreibung rechnen. Als hätte sie den Platz warm zu halten, bis die andere zurückkehrte. Sie fröstelt in ihrer Bluse, könnte einen Pulli brauchen, die Suppe allein will sie nicht wärmen. Selbst die gute Suppe ist fake, ihr eigenes Frösteln: Theater. Bleib ruhig, Isabel. Dieser Abend ist noch nicht zu Ende, eure Reise dauert an.

Als der *joven* die Suppenschalen abräumt, sucht sie seinen

Blick, er bemerkt es und fragt unsicher, ob etwas fehle. Auch Jan schaut den Kellner an, der nun verunsichert rückwärts weicht. Ein Glas kippt über die Tischkante und geht zu Bruch. Alle zucken zusammen.

»Lo siento mucho.«

Wie konnte das passieren? Mit hochrotem Gesicht eilt er in die Küche.

»War ich das?« fragt Isabel beunruhigt.

»Ich weiß nicht, vielleicht war ich's.«

»Wenigstens war's kein volles Glas.«

Sie schaut unter den Tisch, wo die Scherben großflächig den Boden bedecken. Als sie sich wieder aufrichtet, fällt ihr Blick auf den freien Stuhl neben sich. Fehlt nur das dritte Gedeck, fehlen nur die unsichtbaren Hände, die Messer und Gabel durch die Luft bewegen, fehlt nur das Glas, das von heimlichen Lippen geleert wird. War *sie* es?

»Con permiso«, bittet der *joven* höflich, während er die Scherben zusammenfegt und Isabel dabei nahe kommen muss. Sie verfolgt seine Arbeit aus dem Augenwinkel, als würde der Schaden seine Ursache noch preisgeben.

»Am Tag der Toten«, murmelt sie nachdenklich, »wäre auch für sie gedeckt und aufgetischt, und wir würden erst zu essen beginnen, wenn alle Geister satt sind.«

Sie sieht müde aus, trotz Sonnenbräune wirkt sie blass, zerbrechlich, wunderschön.

Du kannst deinen Blick kaum von ihr abwenden, während du an mich denkst, sie anschaust und dabei an mich denkst. – Hör auf, Caroline. – Du hast dich verraten, Jan. – Lass mich in Ruhe! – Willst du wirklich, dass ich dich in Ruhe lasse? Dann hör auf, an mich zu denken. – Ich denke nicht an dich. – Hör auf, mich zu rufen. – Wie soll ich dich rufen? Du bist weit weg. – Weit weg? Ich lache. – Du überschätzt dich noch immer, Caroline. – Sitzt ihr nicht in unserem Lokal? – In unserem? Das ist lange her. – Und doch lebt deine Erinnerung daran. – Mag sein, doch ich bin glücklich. – Bist du sicher, Jan? Schau sie an. Du hast ein bisschen viel erzählt. – Was habe ich schon erzählt? – Dass ich Käfige hasse. Und dass du mich liebst. – Geliebt habe. – Dass du mich liebst. – Dich geliebt habe, Caroline. – Gefühle sterben nicht, du weißt es, Jan, du fühlst es. Sie werden vielleicht unbrauchbar. Aber sie sterben nicht. Vielleicht kommen neue und stellen die alten in den Schatten, und noch einmal gewaltigere Gefühle, die noch größere Schatten werfen. Aber Gefühle sterben nicht. Sie überleben uns. Wie unsere Gefühle dich und mich überleben werden …

»Wir haben die Toten verstimmt. Wir haben sie zu Tisch gebeten und sie hungern lassen«, sagt Isabel, die ihren schweigsamen Freund immerzu ansieht.

»Ich fürchte, was auch immer du ihnen vorsetzt, die Geister sind nimmer satt. Es sind Schleckmäuler wie du. Darum tischt man ihnen so viele Süßigkeiten auf.«

Er sieht zerzaust aus, ein rechter Wirrkopf, sie muss lachen. Warum bemerkt sie seine Unfrisur erst jetzt?

»Ich stelle mir zwei Gerippe aus Marzipan und dickem buntem Zuckerguss vor, die einander genussvoll verspeisen.«

»Aber erst zum Nachtisch. Da kommt erstmal unser Rindfleisch. Ich habe vielleicht einen Hunger!«

Das Fleisch kommt im richtigen Augenblick. Dazu ein eiskaltes Montejo, Jan reibt sich zufrieden die Hände. Auch der *joven* sieht wieder aufgeräumt aus, das Lokal ist gut besucht, er hat alle Hände voll zu tun.

»Auf diesen verrückten Tag, Isabel.«

»Auf diesen verrückten Tag, lass es dir schmecken.«

Während des Essens darf jeder bei sich sein. Ein zufriedenes Murmeln, einsilbig, häppchenweise genügt, um dem anderen Gesellschaft zu leisten.

Während er an Caroline denkt, schaut er Isabel an. Sie kann Gedanken lesen. Wessen Gedanken? Was liest sie in seinem schönen Gesicht, in seinen grauen, großen Augen, die nervös wirken, beinahe ängstlich? Sie muss aufhören, an die andere zu denken. Ob er es ihr ansieht? Sie muss sie vergessen. Muss vergessen, dass auch dieser Ort für ihn Erinnerung ist. Dass, was für sie neu ist, für ihn ein Wiedersehen, eine Wiederholung bedeutet. Sie muss aufhören, sich zu fragen: Warum bin ich hier? Warum nicht sie? Wieder will sie schrumpfen wie Alice, sich in Luft auflösen. Soll sie ihm sagen: Jeder darf mich vertreiben, jederzeit? Dass dies früher oder später auch geschieht? Dass sie freiwillig geht? Aus Weisheit den Kürzeren zieht? Dass Widerstand sich nicht lohnt? Woher sie das weiß? Wieder fällt ihr Blick auf den leeren Stuhl zwischen ihnen.

Zwei kleine Mädchen betreten das Lokal. Das größere schiebt das kleiner vor sich her, der Kopf eines Püppchens ragt aus ihrer Faust, eine schwarze Mütze mit Schlitzen für Mund und Augen ist über sein Gesicht gezogen. Schon sind die beiden Mädchen an ihrem Tisch, stellen ihr Körbchen mit den kleinen handgemachten *guerilleros* neben den mit den Tortillas.

»Gringa«, sagt sie befehlerisch und streckt Isabel das Püppchen mit der Faust unter die Nase, »compra!«

»Ich bin keine Gringa, ich komme aus Europa«, sagt Isabel verärgert. »Europa, verstehst du? Europa.«

Das Mädchen runzelt die Stirn.

»Gringa, compra!« wiederholt es und breitet zügig eine Reihe finsterer Kämpfer auf der Tischdecke aus.

Vor Müdigkeit schwankend, hält sie sich abwechselnd mal am Tischtuch, mal an Isabels Blusenärmel fest. Die Kleinere legt ihren Kopf zwischen Biergläser, Besteck und Tortillas und bohrt schlaftrunken in der Nase. Isabel hat die Wahl.

»Ich mag diese Püppchen nicht, tut mir Leid. Wie heißt du? Und deine Schwester? Woher kommt ihr? Gehst du schon zur Schule? Hast du noch andere Geschwister? Was macht ihr beiden so spät allein?«

»Isabel, du sprichst Deutsch.«

»Ist mir klar. Aber schau, es wirkt.«

»Die Kleinen gehören längst ins Bett. Was haben sie hier verloren, mitten in der Nacht?«

»Sie arbeiten.«

Die unverständliche Sprache scheint die Mädchen einzuschläfern. Ihr Schlachtruf erklingt immer leiser, bald mit dem Daumen im Mund, denn eigentlich schlafen sie schon, ein Mädchen an die rechte, das andere an die linke Seite der Gringa gelehnt. Für einen Moment sind sie eine kleine Familie, die unerwartete Mutter empfindet Zärtlichkeit und den Wunsch, die Mädchen zu beschützen.

In der ganzen Stadt sind Kinder unterwegs, bis in die späte Nacht. Sie bieten Zeichnungen an, eiliges Gekritzel für den Verkauf. Klappern mit Namenslisten die Touristen ab, sie sollen unterzeichnen, Geld geben für den Schulbesuch. Kinder bedienen, räumen leere Gläser und Flaschen von den Tischen. Sie stellen Schirme auf, schleppen Bauchläden, dreimal breiter und schwerer als sie selbst. Sie putzen Schuhe. Sie haben keine Zeit zum Spielen, sie wäre vergeudet. Haben keine Zeit, sich auszuruhen, sie können es sich nicht leisten. In ihren Bewegungen liegen schon Kalkül und Schwermut der Erwachsenen.

Anders aber diese Mädchen: Jan legt seinen Kopf in seine Hände, macht die Geste für Schlaf. Da sind die Kleinen mit einem Mal wieder wach, lachen ihn an, betrachten neugierig den Mann mit dem weißen Haarschopf und den großen, grauen Wolfsaugen. Isabel gibt ihnen zwei Münzen. Lachend, den Kopf in den Nacken geworfen, verlassen die kleinen Mädchen das Lokal.

An Isabels Teller lehnt ein *guerillero* mit gestickten Augen, die schwarze Mütze tief über das Gesicht gezogen.

✣

Wo Menschen sind, wird Holz bewegt. Die einen beladen einen Esel oder ein Maultier damit. Die anderen schleppen es, ein Kreuzband über der Stirn, auf dem Rücken. Kinder ziehen es am Seil um den Bauch hinter sich her. Ihrem Gang, ihren Gesichtern nach zu schließen, liegen beschwerliche Wege hinter ihnen. Wege, die sie immer wieder zu gehen haben, beladen oder auf der Suche. Immer wieder Holz, Last. Immer wieder Leichtigkeit, Hunger. Ankunft, Aufbruch. Immer wieder sich bücken, sammeln, bündeln. Immer wieder Rauch, Asche. Immer wieder gehen, die gleichen, niemals enden wollenden Wege. Gehen, gehen.

Der Kampf gegen Gipfel vermag ein Menschenherz auszufüllen, sagt Albert Camus. In einem Steinbruch schleppen Männer scharfkantige Brocken mit den bloßen Händen. *Wir müssen uns Sisyphos als einen glücklichen Menschen vorstellen.* Ein Arbeiter, ein Quader lastet auf seinen Armen, schaut zum Autofenster herein. Kann er Gedanken lesen? Isabels Hände ballen sich zu Fäusten. Was ist Glück? Ein chinesisches Sprichwort sagt: *Der Mann, der den Berg abtrug, war derselbe, der anfing, kleine Steine wegzutragen.* Das?

✣

Feuchte, schleimige Hitze. Der Regenwald nimmt sie in den Mund. Seine träge Zunge empfängt sie, grüner Speichel umspült sie, von der Ewigkeit zerkleinert, rutschen sie weiter in Richtung Schlund, tropfen schäumend in seinen Bauch.

Dunst, sichtbare Hitze, Ruinen darin.

»Steinhaufen«, sagt Jan mit dem Gefühl, gleich zu verdampfen, sich im Dunst aufzulösen.

Schwerköpfige Bananenblüten, geballte Fäuste mit purpurnem Velours überzogen. Schwellende Geschlechter. Wollust in Pflanzengestalt. Sie befühlen die Gebilde staunend mit den Händen.

»Wie weit müssen wir reisen?« fragt Isabel plötzlich. Er versteht nicht. »Wir kommen nicht einen Millimeter vom Fleck«, sagt sie und geht langsam weiter. Jans Hemd klebt auf der Haut. Sie dreht sich zu ihm um, er senkt den Kopf. »Ist das eine Antwort?«

Sie setzen ihren Rundgang fort, besichtigen die Gemächer der Königin, ein Steinbett im fensterlosen Labyrinth des Palastes.

»Soll ich mich da hinein legen? Den Herrscher empfangen? Interessiert dich das?«

Was ist los, was macht sie so übellaunig, bekommt ihr das Tropenklima so wenig wie ihm? Sie will das Relief eines Priesters fotografieren.

»Nicht nötig«, sagt er schnell, »ich habe den Stein schon. In einem viel besseren Licht.« Ein Sonnenstrahl sei ihm damals quer übers Gesicht gefallen, was ihm etwas Mystisches verliehen habe. »Du kriegst eine Kopie.«

»Ah, damals war sogar das Wetter besser, das Licht.« Ein dumpfer Donnerschlag rollt durchs Blattwerk, echot durch die Ruinen. »Nichts ist für mich übrig, nicht *ein* Sonnenstrahl!«

Der Himmel kommt über die Ruinen und die Natur. Dicke Regentropfen fallen auf die Besucher hinab, zerplatzen auf ihren Köpfen, rinnen in die Augen, den Hals hinab in die Krägen, sickern zwischen die Brüste, waschen die Hände.

Jan sucht einen Unterschlupf.

»Wir haben den Kontinent gewechselt, wir sind Tausende von Kilometern gereist. Wofür? Um Kopien zu tauschen? Es ist aussichtslos«, ruft Isabel, »aussichtslos!«

Der Regen zieht den Vorhang zu. Dahinter sitzen sie zwischen behauenen, einst bemalten Steinen auf dem Boden, und schweigen. Die alten Ruinen verströmen, vom Wasser geöffnet, ihren ewigen Geruch. Der Himmel weint für sie, dicke Himmelstränen peitschen die fleischigen Blätter, zerspringen auf den steinernen Simsen. Die schwüle Hitze greift Jan an, Isabel kann es sehen, er atmet schwer. Als der Regen so plötzlich verebbt wie er eingesetzt hat, stehen sie auf.

»Schau hier, der Orangenbaum. Blüten und Früchte gleichzeitig an den Ästen. Hast du so etwas schon gesehen?« Am Boden liegen überreife, vergorene Früchte, Brutstätten und Behausungen unzähliger kleiner Tiere. »Siehst du? Wir zerfallen wie reife Früchte. Platzen gasig aus unseren Schalen.« Sie schaut ihn an. »All die Dinge, die wir bereits im Kasten haben. Die wir nicht mehr entdecken, nicht wiedersehen, nicht noch einmal erleben müssen – oder doch? Was meinst du, warum sind wir hier?«

Er wendet sich ab, schützt sein Gesicht vor ihrem Blick, so hart und scharfkantig, um Visionen in Stein zu meißeln. Sie spürt, wie das Werkzeug sich in ihren Augenhöhlen bewegt. Wieder bleibt sie vor einem Relief stehen, stellt sich den Bildhauer vor, der es schuf, seine Schläge, die auf die Platte niedergehen, Linien treiben, sie vertiefen, versetzt sich in des Künstlers Hände, den Rhythmus seines Meißels, in seinen Atem, teilt seinen Durst. Die Figur nimmt Gestalt an, sie erhält ein Gesicht, wird gekleidet, Verzierungen und Schriftzeichen kommen hinzu. Das Kunstwerk ist fertig, es spricht.

Die Vögel schreien gegen den Wald an.

»Warum schreien die so, kleiden sich in grelle Farben? Was meinst du? Aus Angst, sich im unendlichen Grün zu verlieren, nicht auffindbar zu sein für den Geliebten? Einer prächtiger als der andere, alle zum Verwechseln schön? Stell dir die alten Papageien vor, aus ihrem Käfig in diesen Urwald entlassen.«

Sie stapft durch die Pfützen, er hält kaum Schritt. Nein, er kann nicht, will nicht zum Tempel der Inschriften hinauf. Sie geht allein. Überall klettert sie hinauf, will die Welt von oben sehen. Er bleibt auf den unteren Stufen sitzen, geprügelt, verstummt. Isabel kommt von den Altären zurück, begutachtet ihre Schuhsohlen, als müsste Blut an ihnen kleben, Opferblut, das hier die Stufen hinabströmt, sich mit Regenwasser mischt, Tiere und Pflanzen tränkt und versickert.

»Du willst also gar nicht hier sein, du tust es für mich? Damit ich mich faszinieren, mich beeindrucken lasse? Von einer versunkenen Kultur? *Unsere* Reise ist nur für mich?«

»Nein …«

Seine Stimme ist leise, wie die eines Kindes, das sich nicht verbergen, die Tat nicht ungeschehen machen, keine Entschuldigung für sich finden kann. Das die Strafe geduldig erträgt, mit dem Gefühl für eine Gerechtigkeit, die es nicht begreifen kann.

»Es ist großartig«, ruft sie, »es ist phantastisch, ich liebe die Ruinen, ich liebe die alten Mayas!«

Zum Beweis fasst sie alles an, bohrt ihre Finger, ihre Nägel in jede Ritze, geht mit der Nase daran, legt sich mit ausgebreiteten Armen auf den Stein, spürt unlösbare Geheimnisse von sich Besitz ergreifen.

»Großartig!«

Rein in die Grabkammer, raus aus der Grabkammer. Hin zur Pyramide der Roten Königin, hin zu den Gebäuden A bis C. Durch den Dschungel zum Jaguartempel und zurück. Der Ballspielplatz. Die Sonnenpyramide, treppauf, treppab. Der Tempel des Kreuzes, treppauf, treppab. Der Tempel des Blattkreuzes, treppauf, treppab. Isabel steht vor Hieroglyphen, wiegt kennerisch den Kopf. Wieder donnert es, wieder kippt der Himmel, ganz in schwarz, seine Küsse, seine Tränen auf die Erde aus, überschwemmt sie, durchtränkt sie mit seiner Liebe.

»Großartig!«

Ein Bungalow im Regenwald. Nachts. Zwei Schaukelstühle auf der Veranda. Falter und Mücken umschwirren die Laterne, eine Kakerlake flieht in ein Loch. Hellsichtige Tiere der Nacht brüllen, jagen, fliehen, töten, sterben, fressen und paaren sich. Sie halten sich fest, lassen sich los, halten sich fest, lassen los. Sie finden keinen Schlaf, rollen zur Seite, rollen zusammen. Sie stapeln ihre Körper übereinander, pressen sich aneinander, drängen ineinander. Der andere atmet jetzt für dich, sein Herz schlägt jetzt für dich, und wenn es aufhört, für dich zu schlagen, ist das dein Tod.

Das Duschwasser kommt warm wie die Luft, wie die Erde aus

der Leitung, wie das Blut, das in ihren Adern fließt. Warm wie Blut, wie der Regen, wie Blut, wie Regen.

⁂

Es regnet weiter. Kein Zweifel. Sie werden zusammen sterben. Auf der Straße vor ihnen, diesem einsamen, grauen Landstrich im grünen Sumpf. Zwar scheint der Regen für einen Augenblick nachzulassen, doch der Himmel verfinstert sich weiter, als wäre über ihnen das Meer, nur durch eine Scheibe von ihnen getrennt, als müsse das Glas jede Sekunde zerspringen. Wohin fliehen, wohin sich verkriechen?

Sie fahren in Richtung des großen, schwarzen Wolkenauges, das die Sonne verschluckt hat. Schon liegt die Straße voller Äste. Das Wasser kommt von oben, von den Seiten, von vorne, es kommt von überall.

Ein Unfall. Die Autoschlange fährt im Schritttempo an der Unglücksstelle vorbei. Eins der Fahrzeuge ist vollkommen zusammengedrückt, reglose Arme winken aus dem Fenster. Die Schlange beschleunigt, zerfällt. Sie werden sterben. Vielleicht machen sie deshalb diese Reise. Um zusammen zu sterben. Nicht um Dinge zu entdecken, sondern um sie zu beenden, ein für alle Mal. Gemeinsam werden sie von der Straße gefegt, von einem umstürzenden Baum erschlagen, von einem außer Kontrolle geratenen, wild daher tanzenden LKW überrollt werden.

»Es ist gut.«

»Hast du etwas gesagt?«

»Nein«, lügt Isabel.

Sie darf ihn jetzt nicht ablenken. Auch sie muss sich zusammennehmen, ihre fünf Sinne wach und das unsichtbare Steuer in Händen halten. Vorausschauen, reagieren. Die Straße, diesen unruhigen Kreidestrich, der immer wieder durchs Wasser führt, fest im Auge behalten.

Sie sind in zwei Fahrzeugen unterwegs. Isabel in ihrer Vorstellung. Er in seinem Körper. Sie auf der Straße ihrer Angst. Jan auf einer Straße, die auf der Karte verzeichnet ist und die jetzt real vor seinen Augen liegt. Beide halten sie das Steuer ihres Wagens fest in der Hand, beide sind sie hoch konzentriert. Natürlich wollen sie keinen Unfall riskieren. Sie wollen ans Ziel, und wollen es so schnell wie möglich erreichen. Sie sind jetzt beide so vollständig auf ihre Fahrzeuge konzentriert, dass ihr Gespräch versiegt. Jeder ist bei sich: Er in seinem Kopf, der gelernt hat, sich mit seiner Umgebung zu verbinden. Gegebenheiten nicht hinzunehmen, sondern auf sie einzuwirken. Den Dingen ins Auge zu sehen. Zu lachen, mit seinem überaus guten Gebiss. Sie in ihrem Körper. Auf den sie, wie im Schlaflied, keinen Anspruch hat: *Morgen früh, wenn Gott will, wirst du wieder geweckt.* Und wenn er nicht will?

Jan hat eine Straße vor sich, Isabel eine Karte auf ihrem Schoß, die sie mit feuchten Händen festhält, ohne sie zu beachten. Seine Straße ist auf dieser Karte verzeichnet, ihre Straße liegt unter schwarzen Wolken, den Launen des Himmels ausgesetzt, der sich zu ihnen herabbeugt, als wäre er kurzsichtig.

Kurz vor Abflug hatten beide es geahnt. Sie würden dem Tod begegnen. Jetzt steht er vor ihnen.

Er wirft seinen Schatten über Jan, verfinstert seine Sicht, zerrt am Steuer. Jan hält es fester, duckt sich vor ihm, der ihn strafen, ihn verletzen, töten will. Ein alter Schmerz blitzt durch seinen Leib, spaltet ihn mit vertraut ungnädiger Gewalt. Allein sein rechter Fuß entkommt, tritt aufs Gas. Immer gibt es eine Richtung ins Freie, über die Kindheit, über den Schattenrand hinaus. Die Technik hält zu ihm. Auch dieses Mal?

Sein Gesicht ist nass vom Regen, sein spärliches Haar klebt am Schädel. Klapperdürr und leicht ist der Tod, Isabel streckt ihre Hand aus, umfasst seine knöcherne Hand und hält ihn fest, damit der Sturm ihn nicht wegfegt und seine Knochen zerstieben. Der Tod lächelt, obgleich das Wasser höher steigt, es ihm an die Rippen reicht, bald bis zum Hals steht. Er hat Angst, Todesangst, Isabel will sie ihm nehmen. Und unversehens, während sie ganz leise mit ihm spricht, lässt der Regen nach, legt sich der Sturm, richten sich die Bäume auf, kehren die weißen Vögel auf die Rücken der Rinder zurück, senken die Rinder ihre schweren Köpfe ins nasse Gras, wird die Straße breiter, kommt die Sonne zwischen den Wolken hervor, taucht ein Ortsschild auf, eine Stadt, ein Hotel.

Jan hält an, ihr imaginärer Wagen löst sich auf. Noch immer ist da Unruhe, doch die schicken sie jetzt, erleichtert über ein großes gebratenes Stück Fleisch gebeugt, schlafen.

Ewige Rollbewegung, ewiges Grün. Wieder ist Isabel der Boden genommen, ist ihr Körper überflüssig, wieder sind ihre Bewegungen ohne Einfluss auf Richtung und Geschwindigkeit. Wieder ist sie in ihren Kopf gesperrt, verbannt in den Käfig ihrer Augen. Sie setzt die Wasserflasche ab, reicht sie Jan.

Sein Durst ist groß, das Wasser warm, fast hätte er es ausgespuckt.

Undurchdringlicher, unentwirrbarer Wald. Mit geschlossenen Augen versucht sie, das auf sie einstürzende Grün in ruhigere Bahnen zu lenken. In Gedanken schneidet sie es mit der Schere aus und heftet es an die Wand eines imaginären Hauses.

Bald ist die Wand mit grünen Bildern übersät, bald auch die zweite Wand damit gepflastert, die Wände ringsum. Schon schmücken grüne, einander zum Verwechseln ähnliche Bilder die Zimmerdecke, ist auch der Fußboden mit grünen Bildern bedeckt. Und vor dem Fenster nichts als Grün und in den Spiegeln noch einmal verdoppelt. Sie eilt ins angrenzende Zimmer, wo sie in schweißtreibender Arbeit grüne, zum Verwechseln ähnliche Bilder ausschneidet und an die Wände heftet. Sie ruft laut: Isabel! Erschrocken, ertappt dreht sie sich zu sich selbst um.

Unweigerlich geht das Auto in die nächste Kurve. Sie schweigen, wagen nicht, sich anzuschauen.

Wenn sie Angst hat, geht sie im Geist ganz weit weg. Noch ehe sie lesen und schreiben lernte, hatte sie das geübt. Schon als kleines Mädchen konnte sie lange die Luft anhalten und ihre Haut dabei taub denken. Sie setzte sich vor eine Wand und starrte sie an, bis die Mauer ihrem Blick wich und sie ins Blaue entkam. Sie legte sich im Treppenhaus mit dem Kopf in den Belüftungsschacht und träumte sich zum Licht hinauf. Oder sie warf sich vor dem Haus in den Schnee, fühlte sich bald so leicht wie die Schneeflocken, die auf sie herabschneiten. Wie den alten Säufer neulich am Strand seine Wunden nichts angingen, und das geduldige Kratzen seiner Hände allein einer alten Schuldigkeit gehorchte, so spielte Isabel immer mit, während ihr Herz woanders schlug. Wozu also die Aufregung?

Die kurvige Bergstraße nimmt kein Ende. Immer noch, immer wieder derselbe Anblick, dieselbe Übelkeit. Glauben sie nach mühseligem Aufstieg die Bergkette überwunden, schließt mit einem weiteren Taleinschnitt die nächste an. Der Zeiger der Benzinuhr ruht längst im roten Feld. Die nächste Ortschaft, in der sie voraussichtlich tanken könnten, liegt, nach erneutem

Studium der Karte, in unerreichbarer Ferne. Zwischen den Baumkronen windet sich ein blaues, lachendes Himmelsband. Auf dem Pass werden sie ihrer Umgebung gewahr: Nichts als Grün wogt um sie her. Isabel will schreien, nichts sind wir, nichts! Die Kiefer bewegen sich mechanisch auf und ab, als wollten sie das Grün in sich hineinschlingen, einfach aufessen, wie Kinder das mit der Welt tun. Sie stecken sie in den Mund, weg ist die Welt. Der Anlasser orgelt, der Motor springt an, sie fahren weiter.

Menschen sitzen am Straßenrand und warten. Ihre Körper wirken so fügsam und gelassen als ob die Wörter ›Zeit‹ und ›Geduld‹ für sie ohne Nutzen wären. Vielleicht brauchen sie keine Uhren. Wozu auch? Eines dieser vor Alter und Überfrachtung schier auseinander brechenden, vielfach geflickten und aufgestockten Gefährte *wird* vorbeikommen und sie aufsteigen lassen, vielleicht sind sogar Campingstühle oder Holzbänke auf seine Ladefläche montiert. *Mañana.* Soviel ist gewiss. Kommt heute keiner, wird er morgen kommen. *Mañana*, morgen, irgendwann. Doch Isabels Körper ist nicht fügsam und gelassen, er ist angespannt und misstrauisch. Er richtet sich nach der Uhrzeit und erwartet, dass alle Welt sich nach ihr richtet. So hat sie es gelernt. Ihr Leben gleicht einer Folge aufeinander abgestimmter Zahnradbewegungen.

Jetzt geht die Zeit rückwärts.

Sie sitzen bei der zweiten Flasche Wein, hören alte mexikanische Boleros und schwärmen davon, gemeinsam abzuhauen. Hastig ziehen sie sich gegenseitig aus, doch mitten in der schönsten Lust übermannt sie große Müdigkeit. Nun liegen sie halb nackt, halb angekleidet mit verdrehten Gliedern auf dem Küchenboden. Ihrer reglosen Körper ungeachtet, setzt nach dem letzten Lied automatisch das erste wieder ein. Auf dem

Tisch gehen nacheinander die Kerzen aus. Sie bemerken nichts davon, sie träumen von Mexiko.

Ewiges Grün, ewiges Bergland. Ihr Körper ist jetzt taub und gefühllos, eine Kasperlepuppe in der Umzugskiste nach irgendwo. Sie zwingt ihren Kopf, geradeaus oder rechts aus dem Fenster zu schauen, Jan nicht zu beachten.

Wer ist er? Nie weicht er von ihrer Seite. Dennoch wird seine Rolle ihr täglich unbegreiflicher. Seit sie zusammen unterwegs sind, hat er sie kaum eine Minute aus den Augen gelassen. Ist er ihr Führer durch die Unterwelt? Das würde die Sachlichkeit erklären, mit der er das Gepäck ins Auto lädt, seine Orientierung auf abgelegenen Straßen, seine Unbeirrtheit, seine Schweigsamkeit. Ist sie tot?

In scharfen Kurven am Straßenrand, über dem Abgrund stehen Blumen, Kreuze, kleine Altäre. Man hat sie für die Unfallopfer aufgestellt. Ganze Streckenabschnitte sind bunt geschmückt. Selten steht ein Kreuz allein. Die Reisenden verunglücken gemeinsam oder über Jahre hinweg in derselben gefährlichen Kurve. Würden auch für Verletzungen und den Verlust einzelner Gliedmaßen Kreuze aufgestellt, gliche die Bergstraße einem Friedhof.

Ihr angespannter Blick fällt auf die Tankanzeige, auf die Nadel im roten Feld. Um Treibstoff zu sparen, schaltet Jan bergab den Motor aus. Die Fortbewegung im geräuschlos dahinrollenden Käfig lässt die Welt noch unwirklicher erscheinen. Statt zu fahren, könnten sie auch einen Film im Kino sehen, »Amores perros« zum Beispiel, spielt in Mexiko, wie ihre Geschichte. Isabel wüsste auch, wohin sie anschließend noch gehen könnten. Wo sie heute die Nacht verbringen werden, steht hingegen in den Sternen.

Früher, als Kinder, waren sie auf der Stelle gereist, in einem alten Feuerwehrauto, in dem rostiges Regenwasser stand, von Brombeerhecken umrankt wie Schneewittchens Sarg. Die Messinstrumente waren herausgerissen, die Drähte baumelten sinnlos in der Luft. Sie rammten sich gegenseitig ihre Ellenbögen in die Rippen vor Aufregung und zappelten mit den Beinen, um an die Pedale zu reichen. Finstere Brumm- und Quietschgeräusche ausstoßend, rissen sie abwechselnd das Lenkrad herum und nahmen im mörderischen Tempo die Verfolgungsjagd auf. Dann wieder waren sie die Verfolgten, nahmen panisch Reißaus vor ihren imaginären Mördern. Doch sie sind keine Kinder, und diese Geschichte ist kein Spiel.

In Tuxtepec hätten sie in aller Ruhe tanken können, doch Jan war sich sicher, es läge noch eine Tankstelle auf dem Weg. Seine Erfahrung hat ihm einen Streich gespielt. Zu sehr hat er auf sein Gedächtnis vertraut oder darauf, das alles so bleibt, wie es war. An einer Tankstelle vorbeizufahren, einen einsamen Weg vor sich und kaum Benzin im Tank, ist leichtsinnig, schlimmer, es ist fahrlässig. Isabel hat ihn gewarnt. Sie hätte vollgetankt und vorsorglich auch den Kanister gefüllt. Jetzt haben sie nicht einmal ausreichend Trinkwasser dabei. Es ist allein seine Schuld, wenn sie in der Pampa liegen bleiben. Wenn es Nacht wird und sie leichte Beute werden. Wenn sie überfallen und ausgeraubt, entführt und erschossen werden. Zwei allzu unbekümmerte deutsche Urlauber. Was fahren sie auch durch die Gegend ohne Sinn und Verstand? Ihr tragisches Ende würde in der Zeitung nur eine kurze Meldung ergeben. Sie malt sich das Drama genau aus, lacht grausam in sich hinein. Und Jan?

Ein überladener Lastwagen stottert vor ihnen durch die Kurven. Die Erschütterungen des Fahrzeugs übertragen sich auf die müden, willenlosen Körper der zahlreichen Passagiere.

Sie schweigt. Was schweigend von ihr bleibt, ist so steinern und alt wie das erste Schweigen, das ihm begegnete, diese unsichtbare Wand, an der seine Liebe immer wieder abprallte, da war er noch ein Kind. Man schaut ihn an, sagt nichts, schaut nur und liest, man liest aus seinem Gesicht, liest aus seiner gepeinigten Gestalt, liest alles heraus, was man lesen will, liest von seinen verängstigten Lippen, was diese nicht sagen. Die vorausgegangenen Anschuldigungen waren leichter zu ertragen als dieses plötzliche Verstummen, auf das die Einsamkeit folgt. Wie sehr sie sich ähneln, die Schweigenden! Wie berechenbar, wie eisern doch Körper sind, die sich abwenden! Kein Zeichen, kein Zauberwort, keine Berührung können sie davon abhalten.

Er schaut nach vorn, sucht eine Gelegenheit, um das schwere Gefährt, das sich seit Ewigkeiten vor ihnen den Berg hinauf quält, endlich zu überholen. Doch die Straße ist schmal, ihr Zustand schlecht, er kommt nicht daran vorbei.

Die Köpfe der Passagiere wackeln im rauen Takt des Motors und der Straße, dicht zusammengedrängt halten sich ihre erschöpften Körper gegenseitig aufrecht, während ihre Augen auf den verbeulten Kotflügel starren, auf die eigene Hand am Holzgatter, sich im Rücken des anderen verlieren, in seinem verschwitzten Haar, im dicken Rockstoff der Nachbarin oder im endlosen Grün, das sie alle umgibt. Alles wird mit demselben erschöpften Blick bedacht, der nichts mehr will, der nur noch Schlaf sucht und Gleichgültigkeit findet, während die Räder sich weiterdrehen, weiter über den schroffen, mit Steinen, Rissen und Schlaglöchern übersäten Asphalt. Bis eben glaubte er sich glücklich.

Doch nun haben sich zur Schweigenden auf dem Beifahrersitz weitere Schweigende gesellt. Eine erstaunliche Gesellschaft hat sich da eingefunden. Frauen, die sich nicht kennen und sich niemals kennenlernen wollten, drängen sich unversehens auf engstem Raum. Sogar seine Mutter ist von den Toten zurückgekehrt und lässt sich wie selbstverständlich von ihm durch die Gegend karren. Ein Gedrängel ist das, eine jede von ihnen begrüßt er höflich, doch sie schweigen, starren ihn nur an, glotzen an ihm vorbei.

Isabel, spürst du's? Die Luft ist vor Gespenstern nicht mehr zu atmen!

Keine Antwort, keine Hilfe von ihrer Seite. Er schaut in den Rückspiegel. Die Tote auf dem Rücksitz bewegt ihre Lippen, als hätte sie Wichtiges zu sagen, sagt aber nichts, gafft zur Seite, gafft die Bäume an. Das ist alles, was von ihr kommt, mehr ist nicht zu erwarten, das weißt du, Jan, begreif es! Sein Fernweh, seine Bewegungssucht wurzeln auch hierin, in dieser Art, ihn erst vielsagend anzuschauen und sich dann schweigend abzuwenden. Weit ist er gereist, doch seine Jägerinnen haben ihn aufgespürt.

Die Tankuhr kündigt es an. Gleich werden sie stehen bleiben und den schwachbrüstigen Lastwagen davonfahren sehen. Ihr vielstimmiges Gezeter hat er bereits in den Ohren, noch ehe es soweit ist.

Dabei hat er alles getan, um genau das zu verhindern. All sein Wissen, seine Erfahrungen hat er bemüht, um mit Isabel weiterzukommen, über den toten Punkt hinaus. Er hat Wege eingeschlagen, die er bereits kennt, und deren Kenntnis ihm im Zweifelsfall nützlich sein würde. Sie steigen in Hotels ab, in denen er bereits zu Gast war, und wenn das alte Zimmer zu haben ist, ziehen sie in kein anderes. Sein Rückgriff auf Vertrautes hat durchaus einen Sinn. Nichts, was sich vermeiden ließe, soll sein Glück gefährden. Keine Äußerlichkeit soll ihn unnötig in Anspruch nehmen, keine Bagatelle ihn auf eine falsche

Fährte locken. Kunstfertig will er sein wie ein Klavierspieler, der unzählige Male einen Fingersatz wiederholt, bis die Melodie in der fließenden Bewegung zum Leben erwacht. Den Weg kennend, ihn gewissermaßen schlafwandlerisch bewältigend, hätte er seine Aufmerksamkeit ganz für sie. Seinen kleinen Vorsprung nutzend, würde er jeden Wunsch, jede Unlust erraten. Hellwach würde er sein für das empfindliche Spiel ihrer Nerven. Seite an Seite würden sie das alte Theater betreten. In ihren Augen erstrahlten die staubigen Kulissen in neuem Glanz. Auch darum ist er mit ihr hier, dieser feinen Veränderungen wegen, der unmerklichen Verschiebungen zwischen Gestern und Heute, die einmal entscheidend sein würden. Aber natürlich, wie soll sie das richtig verstehen? Dass es Liebe ist und er darum die Wiederholung wagt? Natürlich fordert sie das unbeschriebene Blatt, das jungfräuliche Laken. Sie soll es bekommen, das großartig Neue, Unvergleichliche, alles Überragende, Einmalige, Unnachahmliche, Unverwechselbare, das Noch-nie-Dagewesene, Sensationelle!

Es hat keinen Reiz für ihn. Er hat sie bereits zu oft erlebt, die ›große Oper‹, sie immer wieder herbeigeführt und bis zum letzten Vorhang ausgekostet. Er hat sie selbst inszeniert, eine üppiger und verschwenderischer als die andere. Er schwelgte in den Rollen des Helden, des Abenteurers und Verführers, dem kein Tabu heilig ist, und gefiel sich in der Rolle des Blinden, der immer unschuldig bleibt. Er liebte den Rausch und die Täuschung der Sinne, süchtig danach, sich bluten zu sehen. Ein Träumer, der die Träume anderer mühelos auf sich zieht. Er hätte niemanden nennen können, der glücklicher gewesen wäre als er selbst, doch immer dann, wenn er einen Traum festhalten wollte, wachte er auf.

Déjà-vu. Sie sitzt neben ihm, als verwünschte sie es, eisern hält sie Distanz. Bis zur nächsten größeren Stadt ist es weit.

Keiner kann den Weg abkürzen, keiner ihn ohne den anderen zurücklegen. In Körperlängen werden sie ihn messen, ihre Schuld abbüßen müssen wie Pilger, jeden Zentimeter zu ihrer Erlösung erkriechen, Schulter an Schulter sich vorwärts winden, vor Erschöpfung zusammensinken, Haut an Haut aufwachen und aufstehen, sich hinwerfen, die Füße an Stelle des Kopfes in den Sand setzen, sich erneut hinwerfen und aufstehen und hinwerfen. Dabei ist ihre Reise doch keine Pilgerfahrt, dabei sind sie doch erst am Anfang.

Er schaltet den Motor ab, nahezu geräuschlos rollt der Wagen den Hang abwärts. Es bleibt nichts zu tun, als Richtung Talsohle zu gleiten und im richtigen Moment den Gang wieder einzulegen, die Zündung zu betätigen und vorsichtig Gas zu geben. Jan ist ein geübter Fahrer. Durch eine genaue Einschätzung von Fahrbahn und Kraftaufwand versucht er, jeden Tropfen Benzin zu sparen. Doch wozu, wenn das Unausweichliche ohnehin auf ihn wartet? Um sich nicht vorwerfen lassen zu müssen, er habe nicht alles versucht, habe nicht alles gegeben? Er sei ein Stümper, ein Versager, Idiot? Um dieser Blase in seinem Rücken, seinen unerbittlichen Richterinnen, einstigen Göttinnen, diesen Trittbrettfahrerinnen tödlicher Vorwürfe, guten Willen zu beweisen? Um seiner unausweichlichen Verurteilung eine letzte unmenschliche Anstrengung entgegenzuhalten, ein letztes verzweifeltes Manöver?

Da sitzen Vergangenheit, Gegenwart und Zukunft dicht beisammen und schweigen wie aus einem Fleisch. Ihre Befürchtungen hat er exakt bestätigt. Allein um ihrer Enttäuschung willen haben sie diese kostspielige, weite Reise unternommen. Einzig und allein um weitere Vorwürfe zu sammeln und ihr Urteil ins Absolute zu erheben. Feinde haben Frieden geschlossen, um ihm den Krieg zu erklären.

Jetzt deuten sie auf die Tankanzeige, viele Hände vereinigt zur Hand der Henkerin. Abstoßende, bedrohliche Tentakeln. Er darf nicht daran denken, dass sie ihn einmal berührt haben. Keine Höhlung, keine Falte, kein einziges Glied seines Körpers haben sie verschont. Nun zeigen sie auf die Nadel im roten Feld. Ihre Liebe und Engelsgeduld sind pünktlich mit dem Treibstoff zur Neige gegangen, und er ist schuld.

Gut so. Es wäre nicht das erste Mal, dass er mit dem Wagen liegenbleibt, auch nicht das erste Mal in einer abgelegenen Gegend. Die besten Geschichten haben sich durch Pannen ergeben, auf einsamen Märschen mit Wasserflasche und Kanister. Die besten Geschichten haben sich in fremden Fahrzeugen abgespielt, mit Menschen, die ihn irgendwo auflasen. Menschen, denen seine Not plötzlich wichtiger war als die Erledigung ihrer eigenen Angelegenheiten. Menschen, die die Situation verstanden, die ihn leben ließen.

Liegenbleiben wäre nicht furchtbar. Er hatte immer sein Vergnügen dabei, wären nicht die Frauen, die jetzt ein Spottlied auf ihn anstimmen. Abwechselnd trällert jede ihre Strophe, den Refrain schmettern sie im Chor. Er ertappt seine Lippen dabei mitzusingen, schließlich ist es *sein* Lied! Aber wem gehört es schon, dieses seltsame Lied vom ›Auf-der-Strecke-Bleiben‹, von der Lieblosigkeit, vom Verlust?

Mit Getöse biegt der alte Lastwagen vor ihnen auf eine unbefestigte Piste ab. Er schaut ihm hinterher. Ein Waldweg, der sich zur Regenzeit in einen Fluss verwandelt …

Sein Schwanz regt sich, er fühlt ihn lustvoll in der Mitte seines Körpers. Er spürt seine Sehnsucht, er will hineintauchen in dieses saftige Grün, er will umgeben sein von Farbe und von Feuchtigkeit, von heißem Dunst, von schweren, fleischigen Blättern. Herrliches Grün, herrliche Verschwendung! Hineintauchen, hineinstoßen. Und er ihm hinterher, seinem Schwanz hinterher, sich ganz umschlingen, sich vom Unmenschlichen willkommen heißen lassen! Was hätten sie Besseres zu tun, als hier liegenzubleiben? Als hier auszusteigen und hineinzugehen? Als ihr rollendes Gefängnis zu verlassen und unter den Rufen der Affen und Papageien und dem ohrenbetäubenden Gesang unzähliger kleiner Vögel diese schlechte Vorstellung hier hinter sich zu lassen?

Was auch immer geschehen wird, Isabel wird es abstreiten. Zu oft hat sie in ihrem Leben Prügel bezogen an Stelle anderer, ihrer Schwestern, ihrer Brüder. Der Schuldige ist flüchtig, sie wird vollkommen ahnungslos am Tatort erwischt und muss es büßen. Der Ring schließt sich. WHAT AM I DOING HERE? Isabel hat nie nach Mexiko gewollt.
Sie hat keinen Grund, hier zu sein. Sie weiß nicht, wozu sie aufgebrochen, warum sie unterwegs ist, kennt nicht ihr Ziel. Natürlich spielt sie die Neugierige, Mutige, Interessierte und Glückliche, bemüht sich, allem Anschein nach eine ›echte Reisende‹ zu sein – so wie sie, wie Caroline, wie sie sich Caroline denkt. Doch jetzt ist sie müde, ist sie erschöpft. Mit jedem Meter, den sie fahren, mit jedem Atemzug in einer Welt, in der sie nichts verloren hat, die sie nicht versteht, die sie ängstigt, mit jedem weiteren Schritt neben einem Menschen, der ihr unbegreiflich ist, obwohl sie alles mit ihm teilt, der immer ein Fremder für sie sein wird, so sehr sie sich auch an ihn zu gewöhnen beginnt – kühlt sie unwiderruflich aus. Noch ein Quäntchen Befremdliches zu all dem Befremdlichen hinzu, und Isabel ist ausgelöscht, es gibt sie nicht mehr.
Noch versteckt sie sich in ihrem Schatten. Der Fremde und seine Frau bahnen ihr einen Weg durch das wilde Land. Sie braucht ihnen nur zu folgen wie ein Kind. Sie sind so zuversichtlich, so voll Welt und Zugehörigkeit! Sie unmittelbar vor sich hergehen zu sehen, nachts zwischen ihren glücklichen Körpern zu liegen, ihren Stimmen zu lauschen, mit ihnen zu beben, wenn sie sich lieben, und die Luft anzuhalten, wenn sie sich in langen, harten Diskussionen ergehen, ist nunmehr ihre einzige Sicherheit, ihr einziger Trost in dieser Welt. Doch in Wahrheit geht niemand vor ihr her.
Die Phantome haben sich aus dem Staub gemacht und lassen ihr Kind allein.

II.

Ein kurzbeiniger Hund begleitet ihn, dickbauchig wie ein Schwein. Auf den ersten Blick wirkt dieser rötlich, bei näherem Hinsehen doch eher farblos, bleich wie ein Nachttier oder ein Höhlenbewohner, dem Eingeweide und Gefäße durch seine transparente Haut schimmern. Sein rötlicher Glanz rührt allein von der untergehenden Sonne her, die das Tal und alles darin jetzt mit den Farben ihres sterbenden Feuers übergießt … Ein klapperdürrer Mann, ein fleischloser Hauch nur, schreitet nervös neben dem Hund her, als gälte es, seine sämtlichen Widersacher mit einer einzigen Geste, mit einem tödlichen Blick zu besiegen. Sein Leben lang hat er so geschaut, ob einer ihm im Weg stand oder nicht. Auch auf seiner Gestalt liegt jetzt jener glühende Schimmer sterbenden Lichts …

Der Tod hatte ihn bereits zu Lebzeiten in ein Skelett verwandelt. Zuletzt brachen die Knochen des Kranken sogar im Schlaf. Der Sensenmann war grausam. Seine wohl kalkulierten Handgriffe bedeuteten eine unerträgliche Pein. Wo er den Unheilbaren berührte, entzündete sich sein Fleisch und gerann sein Blut. Als der Unrettbare endlich seinen Widerstand aufgab, seine Zunge verdörrt im Gaumen lag, seine Augen stumpf und hoffnungslos ins Nichts blickten, löschte der Schnitter für immer das Licht. Er aber wartete, bis er sich völlig allein und verlassen wusste, dann stand er noch einmal auf …

Christine blinzelt ungläubig. Vor Jahren war ihr Vater gestorben, jetzt steht er in aller Deutlichkeit vor ihr und sagt, dass er den Sonnenaufgang vom großen Berg aus erleben wolle.

»Es wird meine Auferstehungsfeier.«

»Und wie willst du da hinaufkommen?«

»Wer hat gesagt, dass du mich begleiten sollst?«

»Du kannst nicht allein gehen«, entgegnet die Tochter entsetzt. »Wer soll dich stützen, gibt dir zu trinken?«

»Mein bester Freund begleitet mich«, gibt der Vater schnippisch zurück.

Wie bitte, diesen komischen Hund nennt er seinen besten Freund?

»Warum gehst du ohne deinen Stock?« fährt sie ihn an. »Wer hat dir erlaubt aufzustehen? Mach dich nicht lächerlich. Es geht nicht. Es wird nie wieder gehen!«

Christine wehrt sich gegen die Erscheinung. Sie weiß gut, dass ihr Vater nicht mehr lebt. Noch immer weint sie, weil er ihr so fehlt. Doch der Traum hält an, mischt Trauer und Sehnsucht zu eigenen Bildern.

»Du könntest dich vielleicht tragen lassen. Schau dich um. Siehst du hier jemanden, der dazu im Stande wäre? Ach, dein hässlicher Hund vielleicht? Also, von mir aus, mach was du willst. Haben wir uns gekannt, sind wir uns je begegnet? Nicht, dass ich wüsste.«

»Habe ich dich gefragt? Du machst mir gar keine Vorschriften. Keiner macht mir irgendwelche Vorschriften«, gibt ihr Vater zurück. »Ich gehe, dagegen richtest du nichts aus.«

Der Hund zerrt winselnd an der Leine. Der Tote stolpert, fängt sich. Seine dünnen Beine biegen sich bedenklich.

»Du wirst nicht zurückkommen!« ruft Christine verzweifelt.

»Du bist ein echter Klugscheißer, immer gewesen. Bleib bloß, wo du bist, oder mein Freund wird dir furchtbar in den Hintern beißen.«

»Gut«, sagt sie resigniert. »Ich sehe ein, dass ich dich nicht aufhalten kann. Bleib wenigstens einen Moment. Ich bin seit Wochen unterwegs, habe mit niemandem geredet. Kannst du dir vorstellen, wie mir zumute ist?«

Tränen mischen sich unversehens in ihre Worte, während sie der Traumgestalt hilft, sich auf dem staubigen, sonnendurchwärmten Boden niederzulassen. Vor ihnen glüht das weite Tal von Oaxaca, von hohen Bergketten umschlossen, im Abendlicht. Im mächtigen Kandelaber über ihnen summt Leben in allen erdenklichen Tonlagen und nicht einmal die Adler säumen, am Abendhimmel aufzusteigen. Auch wenn ihr Verstand noch immer protestiert, nimmt Christine die Anwesenheit ihres Vaters langsam als natürlich hin, und an den Anblick von Hunden in allen möglich Kreuzungen, Zuständen und Übergangsformen hat sie sich im Laufe ihrer Reise bereits gewöhnt. Ob das Tier an der Leine ihres Vaters tot oder lebendig, ob es einfach nur vollgefressen ist oder ob sein Leib vor Verwesungsgasen spannt – wie kann sie das wissen?

»Dieses Tal – wie es glimmt und gleich erlöschen, bald von schwarzer Nacht umfangen sein wird … noch ist die Luft so weich und warm wie die Haut meines Geliebten, wie sein Atem … doch ich friere, zittere vor Angst und Einsamkeit …«

Ihre melancholischen Worte können den Vater kaum beeindrucken, Endgültiges arbeitet hinter seiner Stirn.

»Ich langweile dich, stimmt's?«

»Ich habe nicht viel Zeit.«

»Wohin willst du so eilig? Glaubst du wirklich an deine Auferstehung? Seit wann?«

»Mein Weg ist lang und ich bin, wie du siehst, nicht sehr stark.«

»Dann bleib, Vater. Ruh dich aus.«

»Ich habe mein Leben lang nichts anderes getan.«

»Ich kenne keinen, der sich weniger geschont hätte, als du.«

»Du siehst das Ergebnis. Es spielt keine Rolle.«

Die Sonne taucht hinter den Bergen ab, es wird spürbar kühler.

»Jetzt stirbt die Sonne und macht ihren gefährlichen Weg durch die Unterwelt, wo sie Schwester Mond und Bruder Stern töten muss, Nacht für Nacht ... Ob sie aus dem Totenreich zurückfinden wird? Ob es jemals wieder Tag werden, licht und warm werden, es wieder wachsen und reifen wird? Eins ist sicher: Die Nacht ist der Tod ... Ich beginne zu verstehen, dass die Menschen einmal alles dafür getan haben, um die Sonne zu retten, dass sie sie mit dem Edelsten, das sie besaßen, mit ihrem Blut, mit ihren Herzen fütterten. Das Leben kehrte sonst nicht wieder! Dich, meinen Vater, hier zu treffen, worüber wundere ich mich noch?

Nicht zufällig sitzen wir am Ballspielplatz ...

Schau, hier wurde die Sonne – es war nur ein Kautschukball, den man an ihrer Stelle benutzte, so wie die Christen in Brot und Wein den Leib und das Blut Christi erkennen – mit der Hüfte und dem Gesäß, vielleicht noch der Brust oder mit dem Knie, niemals mit den Händen, das war strengstens untersagt, immer wieder nach oben, also himmelwärts gespielt. Über die genauen Spielregeln wissen wir nichts. Sie waren von Ort zu Ort auch nicht einheitlich, wie auch die Tracht. Die einen spielten nackt, die anderen trugen Panzer an Brust, Armen und Beinen und zum Teil aufwändigen Kopfputz. Auch steinerne Hüftgürtel hat man gefunden, an die zwanzig Kilo schwer. Je nach Epoche und Kultur waren die Spieler Profis oder Amateure. Jedenfalls wurden die Ballspielplätze immer als erstes errichtet, noch ehe man Tempel und Paläste baute. Das leuchtet ein. Und während des Spiels wurde geopfert. Kein Ballspiel also ohne Opferzeremonie, ob durch Köpfen oder Herzopfer. In grauer Vorzeit hatten die Götter sich selbst geopfert, um aus ihrem Blut die Menschen zu erschaffen. Und von Zeit zu Zeit musste ihnen wenigstens ein Teil des Blutes wieder zurückgegeben werden, um sie am Leben zu erhalten. Umso wichtiger das Fest, größer die Dürre, die Not, desto mehr Blut floss. Zuletzt wurden die Spieler selbst Teil der Zeremonie. Die siegreiche Mannschaft sei geopfert worden, sagt man, wenigstens ihr Anführer habe daran glauben müssen. Oder tötete man die Verlierer? Ach, was erzähle ich dir …«

Über bröckelndem Mauerwerk werfen Kakteen ihre stämmigen Arme dramatisch zum Himmel. Gegen die sonnenerwärmte Mauer des großen Ballspielplatzes gelehnt, muss Christine eingenickt sein. Auf die wiederholte Aufforderung des Ruinenwächters hin steht sie auf, klopft den Staub von ihrer Jeans und schultert die Fototasche. Der kleine, unter dem ausladenden Strohhut kopflos wirkende Mann wirft der hoch gewachsenen Frau mit den leuchtend roten Locken stolze Blicke zu wie einer persönlichen Trophäe, während er sie zum Ausgang begleitet.

»Ich habe zwei Adler gesehen«, erinnert sie sich.

Ihr Begleiter strahlt sie an, es fehlen ihm wenigstens zwei Schneidezähne.

»Ja, ein Pärchen nistet irgendwo da oben in den Felsen. Wissen Sie, es gibt hier Verrückte, die auf sie schießen.«

»Sie schießen auf Adler?«

»Sie schießen auf alles«, antwortet er gut gelaunt.

Bedauert er die Schießwut, belustigt sie ihn, ist sie ihm einerlei? In der Weite seines Lachens kommt alles unter, denkt Christine. Die übermütigen Launen seiner Mitmenschen ebenso wie ihre Grausamkeiten. Sie hätte Lust, ihn zu fotografieren. Den großen Strohhut, unter dem er einen Teil seines Gesichtes versteckt, müsste er allerdings abnehmen.

Ein Amerikaner ist mit ihnen am Ausgang angekommen, mischt sich in ihre Unterhaltung.

»Steinadler«, sagt er voll Bewunderung, »herrliche Kreaturen.«

Alle drei blicken zum zügig sich verdunkelnden Himmel, als hätten die Adlerschwingen dort leuchtende Spuren hinterlassen.

Nachdem der kleine Wächter sich verabschiedet und das Eingangstor geräuschvoll hinter ihnen verschlossen hat, mustert Christine den Fremden, der mit größter Selbstverständlichkeit neben ihr herschlendert. Schlank, Mitte fünfzig, in warmen Erdtönen gekleidet, robuste rotbraune Schnürschuhe, beige Cordhose, darüber ein weites orangebraunes Baumwollhemd, oberster Knopf geöffnet und einen gestreiften, farblich passenden Indioschal um den Hals, das melierte Jackett trägt er locker am Finger über der Schulter. Seine Bewegungen sind geschmeidig, dabei geht er nach vorne gebeugt, in den Schultern gekrümmt, als versuche er kleiner zu erscheinen, als er tatsächlich ist. Sein volles graues Haar steht wirr vom Kopf ab, der Blick aus seinen tiefblauen Augen ist hellwach. Ein Architekt, überlegt sie, er könnte auch Professor sein. Wie würde sie ihn fotografieren? Nackt, denkt sie gleich, und lässt ihren Blick neugierig über die schmale Gestalt des Fremden wandern. Sie bleibt stehen.

»Danke für Ihre freundliche Begleitung.«

Er überblickt den geräumigen Parkplatz.

»Wo steht denn ihr Wagen?«

»Ich bin mit dem Bus gekommen. Also dann …«

Ihre Auskunft scheint ihn zu erstaunen.

»Mit dem Bus? Ich fürchte, heute fährt hier nichts mehr.«

Sollte er Recht haben? Sie blickt hinüber zur Bushaltestelle, da ist kein Mensch, der Parkplatz wirkt vollkommen verlassen. Bis zur Landstraße, wo Tag und Nacht Taxis und Busse verkehren, ist es ein ganzes Stück, unmöglich zu Fuß zu bewältigen. Zumal nachts. Und der kleine Wärter, der ihr vielleicht weiterhelfen könnte, hat sich in Luft aufgelöst. Vor ihr steht ein lächelnder Amerikaner, zeigt auf einen roten Kleinwagen, das einzige Fahrzeug weit und breit.

»Wenn Sie nichts dagegen haben, nehme ich Sie gerne mit.«

Als der Motor anspringt, verspürt sie Erleichterung.

Während das Auto vom Parkplatz rollt und sie gelöst die Augen schließt, gleitet ein zweiter Wagen heran. Ein Mann und eine Frau steigen aus. Sie trägt ein schwarzes schmales Kleid, das ihre Körperfülle unterstreicht, Handtasche und hochhackige Schuhe. Ihre Zigarette glüht in der Dunkelheit. Auch ihr hagerer Begleiter ist elegant gekleidet, als gingen sie ins Theater oder zu einem Empfang. Der kleine Wärter öffnet das Tor. Hand in Hand verschwinden sie zwischen den Ruinen.

Der Kleinwagen holpert über die schlechte Piste.

»Sie sehen müde aus«, bemerkt er mit angenehm warmer Stimme.

»Es war ein langer Tag.«

»Was haben Sie sie sich angesehen?«

»Die Ruinen von Mitla, den Árbol de Tule, zuletzt Yagul.«

Sie gähnt, streckt ihre Beine so gut es geht aus.

»Das ganze Programm! Und jetzt sind Sie völlig erledigt.«

»Aber gut. Es hat sich gelohnt.«

»Beeindruckend, diese Zypresse, nicht? Sie soll mehr als zweitausend Jahre alt sein. Und noch immer kerngesund. Möchten Sie so lange leben?«

»Ich habe versucht, mir die vielen Vögel vorzustellen, die in ihrer Krone leben, wie in ihrem eigenen Universum. Ihr Gezwitscher hat mich berührt, wie Gesänge aus den Tiefen des Raumes.«

»Da hätten Sie sich am liebsten einen Zweig des Riesen abgebrochen in der Hoffnung auf Unsterblichkeit.«

»Das ist streng verboten.«

»Natürlich. Das kleine Nest lebt nicht schlecht vom seinem Weltwunder. Sie bewachen und bewässern den Baum rund um die Uhr, schließlich ist es ihre wichtigste Einnahmequelle. Sind Sie zum ersten Mal in Mexiko?«

Sie antwortet zerstreut.

»Ja. Das heißt, nein.«

»Können Sie sich nicht entscheiden?«

Zögerlich: »Das erste Mal zählt nicht.«

»Das erste Mal zählt nicht? Warum? Waren Sie da noch ein kleines Kind, ein Funkeln in Ihrer Eltern Augen?«

Die Vorstellung erheitert sie.

»Nein, ganz so lange ist es nicht her. Und was meine Eltern betrifft …«

Der Wagen holpert durch tiefe Schlaglöcher, das Bodenblech kratzt wiederholt mit unangenehmem Geräusch über den Asphalt. Ihre Oberkörper schaukeln gegeneinander, Christine sucht den Haltegriff über der Tür.

»Schlimme Straße, sorry. Aber erzählen Sie. Was fehlte Ihnen, waren Sie krank?«

»Krank? So habe ich es noch nicht betrachtet ...«

Sie schaut aus dem Fenster. Im schwachen Dämmerlicht sind die Konturen der Landschaft nur noch zu erahnen. Sie wundert sich über sich selbst. Wie konnte sie einschlafen und den letzten Bus versäumen?

»Sie schweigen. Denken Sie über die Geschichte nach, die Sie mir gleich erzählen werden?«

»Ich versuche mich zu erinnern, wie es rechts und links der Straße aussieht. Hier bricht die Nacht unerwartet schnell herein.«

»Deshalb wäre es nett, sich ein wenig zu unterhalten, finden Sie nicht?«

Sie gelangen ans Ende der Stichstraße, an der Hauptstraße empfängt sie der übliche Reigen mexikanischer Scheinwerfer: blaue Rückstrahler, den Himmel suchendes Abblendlicht, einäugige, halbblinde, zerborstene Gläser und grelle Batterien – der ganze Reichtum automobiler Ausstattungs- und Improvisationskunst. Eine Druckwelle erfasst das kleine Auto, die mannshohen Räderpaare eines ewig langen doppelten Tanklastzugs donnern beängstigend nah an ihnen vorüber. Die Lücke hinter dem Ungetüm ist groß genug, sodass sie endlich auf die Landstraße einbiegen können. Sie werden schneller, nähern sich dem Lastzug. Christine erkennt allmählich die großen grünen Buchstaben auf dem weißen Heck des Sattelzuges: *precaución – contenido peligroso.* Vorsicht, gefährlicher Inhalt. Sie rollen weiter darauf zu, bis die Batterie der großen runden Rückleuchten und darüber die unübersehbare Warnung das ganze Blickfeld einnehmen. Sie wird nervös, noch immer tritt der Mann nicht auf die Bremse.

»Was haben Sie vor? Das Ding da vor uns ist explosiv!«

»Sorry. Ich wollte ihm nicht zu nahe kommen.«

Endlich geht er vom Gas, sie kann aufatmen.

»Erzählen Sie. Ich bin neugierig«, sagt er locker. »Wenn Sie damals nicht krank waren, was war es dann?«

»Damals?«

»Wollten Sie mir nicht von Ihrer ersten Mexikoreise erzählen?«

»Hm.« Es war ihr letzte Reise mit Marcel. »Ich lebte wie im Traum. Ich hatte keinen Einfluss auf das, was passierte. Ich wusste nicht, wer ich bin, wo ich war. Ich kannte die Spielregeln nicht. Doch ich musste mitspielen, meine Sache gut machen, musste perfekt sein. Ein, zwei Fehler, und ich hätte das Spiel verloren.«

»*Wenn wir träumen, dass wir träumen, sind wir dem Erwachen schon nahe.*«

»Klingt interessant. Stammt der Satz von Ihnen?«

»Nein, von Novalis. Ihrem Landsmann.«

Ihr Blick heftet sich erneut ans Heck des weißgrünen Ungetüms, das sich vor ihnen seinen Weg durch die Nacht bahnt.

»Eben, als wir fast mit dem Tanker zusammen gestoßen wären, habe ich alles schmerzhaft scharf gesehen.«

»Aber wir sind nicht kollidiert, die Erkenntnis der Wirklichkeit ist uns erspart geblieben. Bleiben uns die Erinnerung an die Angst und die Erleichterung.«

»Haben Sie mir absichtlich Angst eingejagt?«

»Nein, ich glaube nicht«, sagt er unsicher, fügt verlegen hinzu: »Ich habe mich gerade für einen Glückspilz gehalten.«

»Im Gegensatz zu mir«, sagt Christine vorwurfsvoll.

»Es kommt nicht wieder vor, versprochen. Im Handschuhfach sind Bonbons.«

»Verstehe, Sie wollen mich kaufen.«

Sie kramt eine runde Dose hervor, steckt sich das dunkelste Bonbon, das sie erkennen kann, in den Mund. Er lässt seins geräuschvoll an den Zähnen entlang über die Zunge in die Backentaschen wandern.

»Lassen Sie mich raten. Als Sie träumten, dass Sie träumten, zögerten Sie nicht länger, Ihr Leben auf den Kopf zu stellen.«

Süßer Brombeergeschmack verteilt sich in ihrem Mund. Sie denkt an Marcel, ihre vergeblichen Trennungsversuche …

»Sagen wir lieber, es endlich in die Hand zu nehmen. Vorsicht!«

Trotz des dichten Verkehrs werden sie überholt, die Antwort ist ein Fernlichtgewitter aus dem Gegenverkehr. Der Überholer gibt auf, schiebt sich knapp vor ihre Nase, begleitet von jaulendem Gehupe. Jetzt ist Christine wach.

»Diese Verrückten halten sich für unsterblich. Langsam reicht's, was meinen Sie?«

»Wir sind bald da. In einer halben Stunde können wir den Spuk vergessen.«

Sie saugt ungeduldig an der Süßigkeit auf ihrer Zunge.

»Sind Sie Schauspielerin?«

Die Frage erstaunt sie.

»Wie kommen Sie darauf?«

»Ihr Englisch ist geradezu perfekt.«

»Nett von Ihnen. Nein, ich habe zwei Semester in London studiert, war viel in den USA.«

»Ziehen Sie immer allein umher?«

»Keine Sorge, ich reise niemals unbewaffnet.«

»Das sehe ich. Schöne Kamera.«

»Mein drittes Auge.«

»Sieht professionell aus. Arbeiten Sie für eine Agentur?«

»Im Augenblick reise ich für ein Kulturmagazin.«

»Und landen zufällig in Oaxaca, wo Sie schon einmal gewesen sind. Aber da waren Sie ja *krank …*«

»Glücklicherweise ist eine Wiederholung nicht möglich. Und auch nicht nötig. Die Fotos haben sich sehr gut verkauft, obwohl ich an die Reise nicht zurückdenken darf.«

»Der Mann an Ihrer Seite hat sie Ihnen vermasselt.«

Wir haben sie uns gegenseitig vermasselt, denkt Christine.

»Wie auch immer«, sagt sie leise, »dieses Mal reise ich allein.«

»Allein? Im Augenblick *nicht ganz.*«

Sie lacht frei heraus, sodass er erschrickt.

»Nein, Sie sind gerade noch rechtzeitig aufgetaucht. Als hätte ich Sie mir ausgedacht!«

»Fühlen Sie.« Er streckt seinen Arm hin. »Ich bin kein Phantom, ich bin aus Fleisch und Blut.«

Wieder lacht sie.

»Halten Sie das Lenkrad schön fest. Vorsicht tope!«

Er bremst, sie schaukeln über die steile Bodenwelle, flüchtig berühren sich ihre Schultern.

»Möglicherweise existieren Sie wirklich. Das ändert nichts daran.« Sie lacht, diesmal mit einer Nuance von Bosheit. »Ich habe Sie mir ausgedacht. Wie sollte ich sonst von Yagul zurück ins Hotel kommen? Außer Ihnen war da kein Mensch. Ich hätte nicht einmal telefonieren können. Mein Handy liegt sicher im Hotelsafe.«

Er wirft ihr einen wohlwollenden, neugierigen Blick zu.

»Sie haben eine beneidenswert lebhafte Phantasie.«

»Die Wahrheit ist, ich weiß nicht mehr weiter«, sagt sie düster.

»Sie drehen sich im Kreis, ist es das?«

Wieder ein *tope*, wieder schaukeln sie im Schritttempo über die bewusste Welle im Asphalt. Sie hält sich am Griff und macht sich leicht, um der Erschütterung zu entgehen.

»Die Dinger sind die sicherste Methode, die Mexikaner zur Vernunft zu erziehen. Man droht ihnen nicht mit Strafen, man schafft Fakten. Das ist einfach und effektiv. Keiner riskiert freiwillig einen Achsenschaden.«

Sie ist noch immer nachdenklich.

»Selbst wenn ich mich im Kreis bewegen sollte, die Dinge verändern sich.«

»Aber nein, sie kommen wieder. Wie das Karussellpferd, die Feuerwehr, der Hubschrauber, das kleine Schwein – und die mexikanischen topes!«

»Wenn es so wäre, wären wir nicht selbst daran schuld – mit unserer heillosen Sehnsucht nach etwas Verlässlichem? Wir können doch gar nichts anfassen, ohne es im Handumdrehen zur Gewohnheit zu machen. Sehen Sie, wir kennen uns kaum eine halbe Stunde und schon rede ich mit Ihnen wie mit einem alten Freund. Aber das sind Sie nicht.«

Er, geschmeichelt: »Hüten Sie sich!«

»Selbstverständlich. Wenn ich kann, gehe ich jeden Weg ein zweites Mal. Ich bin keine Frau für eine Nacht.«

»Sie sind eine Frau fürs Leben.«

»Wir haben viele Leben, nicht wahr?«

Ein Pick-up biegt vor ihnen ein. Ein bebrillter Mann sitzt auf der Ladefläche rückwärts zur Fahrtrichtung auf einem Berg von Reisigbesen.

»Und auf welches Ihrer vielen Leben blicken Sie besonders stolz und glücklich zurück?«

Der Mann auf dem Besenberg stiert Christine an, vielleicht ist er auch nur müde, denkt sie, will ihm zulächeln, besinnt sich und spiegelt Gleichgültigkeit vor. Endlich wendet er seinen Blick von ihr ab. Einfache Gemäuer, Werkstätten und Buden reihen sich in geringer Entfernung zur Straße dicht an dicht. Rauchschwaden und Dampf steigen von Grillstellen und aus Ofenrohren auf. An einem Spieß drehen sich knusprige Hähnchen, zwei dralle Frauen mit rotweißkarierten Küchenschürzen machen sich an ihnen zu schaffen. Abgesehen von einer Suppe mittags in Tule hat sie noch nichts gegessen, jetzt hat sie Hunger.

»Übrigens. Ich bin Jeremy. Wie heißen Sie?«

Sie zuckt zusammen, den Mann am Steuer hatte sie für einen Moment vergessen.

»Ich heiße Christine«, sagt sie schnell.

Sie schauen sich an und lächeln, als hätte das laute Aussprechen ihrer Namen sie augenblicklich verlegen gemacht. Schade, dass er keine Brille trägt, denkt sie, er sähe noch interessanter aus, verletzlicher, abgründiger – wie der Besenmann.

»Christine, was halten Sie von einem Bier gleich auf dem Zócalo? Ich habe einen furchtbaren Durst.«

»Gute Idee. Ich habe gerade etwas Ähnliches gedacht.«

»Tatsächlich? Erzählen Sie mir doch von Ihrer zweiten Mexikoreise. Schließlich hat sie uns zusammengebracht.«

»Ihre Neugier scheint unstillbar, Kompliment!«

»Ist es Ihnen lieber, wenn wir uns langweilen?«

»Was soll ich sagen. Alles kommt mir diesmal leichter vor. Vielleicht auch etwas … blasser.«

»Blasser? Weil Sie es bereits kennen.«

»Wann kennt man schon ein Land, wann einen Menschen? Ich bin toleranter geworden. Früher war mein Blick aggressiv. Ich fühlte mich angegriffen und habe mit der Kamera zurück geschossen.«

»Und heute lassen Sie Ihre Opfer leben?«

»Sagen wir, ich habe weniger Angst.«

»Sie haben die Erinnerung auf Ihrer Seite, Ihre Bilder, Ihren Erfolg.«

»Die Erinnerung war immer gegen mich. Nein, ich bin erfahrener, etwas gelassener.«

»Weil Sie das, was Sie vor sich haben, was Sie gegenwärtig umgibt, bereits hinter sich glauben? Sie reisen durch Ihre Erfahrung, Ihre Vergangenheit. Sie stehen über den Dingen. Vielleicht sind Sie heute ein größerer Feigling als damals. Ich beneide den Mann, mit dem Sie früher reisten. Er hat Sie erlebt, wie Sie sind, nicht, wie Sie Ihr Leben im Rückspiegel ablichten.«

Der Pick-up vor ihnen biegt rechts ab. Im Vorbeirollen begegnet sie noch einmal den schwarz umrahmten, verspiegelten Augen des Besenmannes. Wieder trifft sie sein unerklärlicher Blick.

»Sie halten mich für feige?«

»Ihre größte Angst war, ihn zu verlieren.«

»Ich habe ihn selbst dazu gebracht, mich zu verlassen.«

»Ich habe es befürchtet.«

»Er hat mich eingeengt. Ich war nicht mehr ich selbst.«

»Auf mich wirken Sie recht selbstbewusst.«

»Er wollte Kinder. Ich kann mit Kindern nichts anfangen.«

Und jetzt fehlt mir seine Liebe, denkt sie …

»Er meinte es ernst mit Ihnen.«

»Ich muss das Gefühl haben, kommen und gehen zu können. Einem Erwachsenen machen Sie das vielleicht klar, aber einem Kind? Jetzt ist es zu spät. Ich bin vierundvierzig.«

»Sie wirken deutlich jünger.«

»Danke, das liegt an der schlechten Beleuchtung.«

»Sie bestehen also auf Ihren Freiheiten. Doch zu guter Letzt hat die Natur Ihnen die Entscheidung abgenommen. Oder die allzu schnell verstreichende Zeit. Was ist Ihnen lieber?«

»Ich überlasse mich ungern dem Willen eines anderen. Das hielte ich für unwürdig. Ich lebe nach meinen eigenen Vorstellungen. Zeit hin, Zeit her.«

Wie aus einem vergessenen Traum taucht der Lastzug erneut vor ihnen auf. Langsam rollen sie näher, wieder weist ihnen die grellgrüne Warnschrift auf weißem Grund den Weg durch die Nacht.

Jeremy, fröhlich: »Da ist er ja wieder, unser alter Bekannter. Wie beruhigend. Auf dieser Straße geht uns nichts verloren.«

Sie hat das Gefühl, mechanisch daher geplappert zu haben wie eine Puppe, die einmal gespeicherte Sätze auf Knopfdruck wiedergibt. Sie grimassiert, lockert ihre Gesichtsmuskeln.

»Sie tanzen also nicht gern nach der Pfeife eines anderen?«

»Nein.«

»Schön. Und doch sagen Sie, dass ich auftauchen *musste.* Wo bleibt da *mein* freier Wille?«

»Natürlich mussten Sie auftauchen. Um mich zu chauffieren. Ein Scherz. Das nächste Mal miete ich mir selbst einen Wagen. Vielleicht ist in den Behältern gar nichts drin.«

»Bitte?«

»Ich meine, vielleicht ist der Tanker nur halb so gefährlich wie er tut.«

»Ach, Sie meinen das weiße Monster vor uns. Wie auch immer. Kommen wir ihm nicht zu nahe. Sie haben mich schon einmal zurechtgewiesen.«

»Glauben Sie an Vorbestimmung?«

Christines Frage irritiert ihn.

»Prädestination? Es gibt glückliche und weniger glückliche Zufälle.«

»Ich werde das Gefühl nicht los, dass wir uns kennen.«

»Wie sollte ich *Sie* vergessen?« fragt er charmant.

Jetzt ist Christine sich sicher: »Kennen Sie das Hotel Camino Real in Oaxaca?«

»Ich bin jedes Jahr dort. Es ist die beste Adresse nach wie vor.«

»Mitte, Ende Dezember?«

»Immer zur Weihnachtszeit.«

»Schauen Sie mich an. Erinnern Sie sich? Wir müssen uns begegnet sein. Ich habe Sie aus demselben Grund nicht wahrgenommen wie Sie mich.«

»Ich weiß nicht …«

»Sie waren immer die letzten am Pool, haben spät abends in der Dunkelheit gebadet.«

»Liebend gern!«

»Und wo ist Ihre Frau jetzt?«

Sein Gesichtsausdruck verdüstert sich, seine zuvor überschwängliche Stimme klingt gedämpft wie aus verborgenen Tiefen.

»Erinnern Sie sich an die Dame im schwarzen Kleid, bei den Ruinen? Für einen Moment glaubte ich …«

»Ich habe dort keine Frau gesehen.«

»Das Auto, das ankam, als wir losfuhren?«

»Ich habe nicht darauf geachtet.«

»Sie haben sie also nicht gesehen … natürlich haben Sie sie nicht gesehen …«

»Es war schon recht dunkel. Zugegeben, ich war ein bisschen durcheinander. Wegen des verpassten Busses und so …«

»Sie brauchen sich nicht zu erklären. Meine Frau ist tot.«

»Das tut mir leid.«

»Sie sehen, auch ich habe meine Wunden«, erklärt er leise.

Ihr Blick fällt auf seine Hände am Steuer. Wie liegengelassene Handschuhe, denkt sie. Grazile Hände, beinahe die Hände einer Frau. Ein schwerer rotgoldener Ehering sitzt locker über dem knochigen Ringfinger. Wie stellt er es an, das gewichtige Schmuckstück nicht zu verlieren? Sie widersteht dem Impuls, ihn zu berühren.

»Vielleicht sind unsere Wunden das Menschlichste an uns«, sagt sie vorsichtig.

»Vielleicht …«

Wieder betrachtet sie seine Hände, den schweren Ring am feingliedrigen Finger, beobachtet die Vibrationen, die sich von der Fahrbahn über Räder und Lenkrad auf seine Hände übertragen. Sie wendet sich ab, schaut seitlich aus dem Fenster. Eine Tankstelle neben der anderen, Hotels und Supermärkte tauchen auf, eine Mischung aus funktionalen Geschäftsbauten, Hotels und Wohngebäuden, wie man sie überall auf der Welt antreffen könnte. Das historische Zentrum Oaxacas mit seinen angesichts der Erdbebengefahr nur einstöckig gebauten Häusern und seinen heimeligen Arkaden am Zócalo würde man hier kaum vermuten. Der Verkehr verdichtet sich weiter, nur langsam rollen sie vorwärts. Was für ein seltsamer Tag! Dieters Schuld. Anstatt mit ihr an ihrer Reportage zu arbeiten, verschanzt er sich in einer Kleinstadt im Schwarzwald, angeblich höchst wichtiger, privater Angelegenheiten wegen. Und sie selbst benimmt sich derweil wie eine blutige Anfängerin. Schläft ein in Ruinen, verpasst den letzten Bus, ist angewiesen auf einen melancholischen Amerikaner …

»Das fehlte noch. Sieht nach Kontrolle aus. Haben Sie Ihren Pass dabei?«

Ein Uniformierter mit Schnellfeuerwaffe lässt sie anhalten. Eine Reihe von Soldaten ist hinter einem Wall aus Sandsäcken positioniert, andere harren auf der Pritsche eines Lastwagens aus. Zu allen Seiten stehen Schussbereite mit dem Gewehr im Anschlag. Die schwarzen Stahlhelme sind ihnen tief in die Gesichter gerutscht, ihre Augen schauen müde und unbeteiligt darunter hervor. Nachdem einer der Männer ihre Pässe studiert und ein anderer prüfende Blicke durch die Scheiben ins Wageninnere geworfen hat, dürfen sie weiterfahren.

»Ich hoffe, die Jungs dienen tatsächlich der Sicherheit und richten nicht noch mehr Schaden an. Verängstigt und schlecht bezahlt laufen sie scharenweise zu den Drogenkartellen über oder stellen sonst einen Blödsinn an.« Er seufzt tief, die Geschichte scheint ihn zu beschäftigen. »Einer der faszinierendsten Orte der Welt ist ein Pulverfass. Neugierige Leute mit großen Kameras lieben die besonders. Keine falsche Bewegung!«

Typisch Amerikaner, denkt sie, die glauben sich noch immer im Wilden Westen. Einem anderen hätte sie den Spruch übelgenommen. Doch der Mann hat längst ihr Interesse geweckt – jenseits seiner verlässlich gekleideten Erscheinung.

»Danke, ich kenne die Regeln«, sagt sie trocken.

»Regeln. In Mexiko?«

»Überall auf der Welt gibt es Regeln.«

»Und manchmal sogar Menschen, die sich an sie halten. So, da wären wir.«

Er steigt aus, geht schwungvoll um den Wagen, öffnet ihr die Tür. Den Autoschlüssel übergibt er nebenbei einem herbeieilenden Hotelangestellten.

»Die einzigen Uniformen, die ich mir gefallen lasse, sind die von Pagen. Sie machen mich glauben, ich sei im Theater. Besser noch im Zirkus. Alles Klamauk! Eine schöne Vorstellung. Die einzige erträgliche. Wann sehe ich Sie wieder, Christine?«

Sie schaut in seine nervös suchenden, blauen Augen. Ja, sie hat Lust, ihn wiederzusehen.

»In einer viertel Stunde«, sagt sie, während ihr Herz schneller schlägt.

»Ich werde in der Lobby auf Sie warten.«

Dank seiner eigenen Körperlänge ist er es gewöhnt, auf Frauen herabzusehen. Umso mehr ist er erstaunt, Christine auf Augenhöhe gegenüberzustehen. Sie kennt jenen verschämten Blick seitwärts an ihr herab zu ihren Absätzen. Doch sie trägt Slipper zu ihrem schmal geschnittenen Jeansanzug, lächelt verschmitzt, als sich ihre Blicke wieder begegnen.

»Eins zweiundachtzig«, sagt sie selbstbewusst.

»Warum habe ich Ihre ungewöhnliche Größe nicht gleich bemerkt?«

»Was haben wir überhaupt registriert im ersten Augenblick? Ich trauerte dem verpassten Bus nach und Sie Ihrer Frau.«

»Da reden und reden wir und sind doch blind füreinander.«

»Das ließe sich ändern, nicht wahr?«

Ihre Nase, Stirn und Wangen sind sonnenverbrannt, das ganze Gesicht mit Sommersprossen übersäht, ihre schmalen Lippen ironisch geschwungen, ihre kleinen goldbraunen Augen liegen von Sonnenfalten umkränzt unter sorgfältig gezupften rotblonden Augenbrauen. Ihre unerwartete Nähe, nicht länger durch die Enge des Fahrzeugs erzwungen, macht ihn verlegen. Sie kostet seine Unsicherheit aus wie eine Süßigkeit. Er spürt ihren Atem an seinem Mund. Ihr Lächeln ist fordernd, seine Antwort prompt.

»Wir werden zusammen essen und später zusammen schlafen.«

»Wir sehen es kommen. Wollen wir es trotzdem?«

✣

Sie streicht sanft über seine Brust, seinen Bauch, streift über seine Flanke, den sich abzeichnenden Hüftknochen, fährt vorsichtig in seine Leiste, zurück über seinen Po. Mit der Handkante taucht sie über die flaumige Rundung in den warmen Spalt. Sie schiebt ihre Hand tiefer, sucht mit dem Finger die empfindliche, feuchte Höhlung. Im Schlaf entfährt ihm ein Seufzer, sie hält inne; reibt ihre Wangen sanft an seiner Schulter, atmet den Geruch seiner Haut tief ein.

Heimlich berührt sie den Schlafenden. Den wachen Jan hat sie seit Tagen nicht angetastet. Von ihm unbemerkt genießt sie seinen Körper. Ob auch er sie streichelt, während sie träumt? Gibt er seiner Sehnsucht nach, wenn er sich allein glaubt, im Windschatten seines Gewissens?

Hier ist die Kluft, hier beginnt ihre Verzweiflung. An dieser Grenze steht ihr unlösbarer Kampf. Sie presst ihre Wange fester gegen ihn, als wolle sie unter sein Schulterblatt schlüpfen. Sie will ihm näher kommen, tiefer zu ihm dringen, unter seiner Haut verschwinden. Will sich mit ihr bekleiden wie der Priester sich in die Haut des Geopferten kleidet, der Herrscher sich in die Haut des Jaguars. Sie tragen wie einen Pelz, einen Windstoß. Werde wach, werde nicht wach!

Und wenn er stirbt? Sein Tod würde die Kluft für alle Zeit besiegeln.

Als beschwöre sie ihn flüsternd, knetet sie seine Schenkel. Bald, als forme sie Zeichen aus seinem Fleisch, als greife sie nach Buchstaben, aus denen sie sich, der Namenlosen und ihm, dem Namenlosen, Namen bilden könnte. Als suche sie ein Alphabet, um eine erste Geschichte zu erzählen. Eine Geschichte gegen den Tod, gegen die Geschichte. Lieber noch würde sie sich ganz zum Zeichen nehmen, und ihn ganz zum Zeichen. Nicht länger ›Kopf‹ sagen, ›Seele‹, ›Körper‹. Nicht länger mit Wörtern gegen die Wahrheit verstoßen. Neben ihm liegen, Zeichen neben Zeichen, auf Buchseiten, die sich von Atemzug zu Atemzug füllen und verglühen. Nur der Schriftenmaler und sein eingeweihter Sänger wüssten sie zu entschlüsseln.

Es sind nicht viele Zeichen, die das Leben bedeuten. Unsere Zeichen sind darunter. Die Zeichen für du und ich. Es gibt sie jeweils nur einmal, auch wenn sie verschiedene Bedeutungen erfahren. Schon immer bestanden mehr Bedeutungen als Zeichen, existierte mehr in der Welt, als es zu schildern, zu besingen, es festzuhalten und zu überliefern möglich war.

Oder ist es umgekehrt: Haben die Sänger die Vielfalt der Erscheinungen erst geschaffen? Mit Namen die Eigenheiten von Pflanze und Tier? Mit dem Wort ›Mensch‹ ihn vom Stein unterschieden, vom Maiskorn, vom Zuckerrohr? Mit dem Wort ›Mutter‹ das Gebären in die Welt gesetzt? Isabel durchläuft es heiß und kalt. Sie denkt an das junge Leben, das in ihr jetzt reift vielleicht, in den kommenden Wochen und Monaten in ihr heranwachsen wird, wer weiß … Mit dem Wort ›Vater‹ Ordnungen erstellt, mit den Wörtern ›Sehnsucht‹ und ›Hoffnung‹ sie alle ans Dasein gebunden?

Sie spürt, dass er wach wird, zieht vorsichtig ihre Hand zurück. Ihre Berührungen wird er vergessen wie seine nächtlichen Träume.

Du, das Zeichen für Liebe. Ohne dich kein Zeichen, keine Liebe. Dazwischen liegt nichts. Keine Zeichen für Zwischentöne. Wozu Schattierungen, wenn ich dich brauche? Du, Zeichen für Liebe. Ohne dich kein Zeichen, keine Liebe. Keine Sprache ohne dich, ohne Liebe. Tote Sprache …

Sie zieht ihr Notizbuch unter dem Kopfkissen hervor, blättert.

»Du musst immer schreiben, nicht wahr?«

Er spricht! Du, das Zeichen für Liebe. Wozu Schattierungen, wenn ich dich brauche? Du, Zeichen für Liebe. Ohne dich kein Zeichen, keine Liebe …

»Mit Rinderhälften verschmolzene Marktarbeiter, die unter ihrer Last schwitzen und stöhnen, kleinen Göttern gleich, denen keiner huldigt«, liest sie in ihrem Heft. »So sitzt das Tote auf dem Lebendigen und wird weite Wege getragen, durch die Welt transportiert, tote Buchstaben.«

»Hat dich ihr Anblick im Schlaf verfolgt?«

»Wabernde Tierhälften auf Menschenbeinen, glänzendes Schlachtfleisch, aus dem Schopf, Nase, ein Auge und Menschenhände hervor schauen, von Fliegen umschwirrt.«

»Mythische Zwitterwesen?«

»Götter verwandeln sich, Menschen werden verhext. Macht das vielleicht den Unterschied zwischen Gott und Mensch?«

»Und was, glaubst du, sind wir, verwandelte Götter, verhexte Menschen?«

»Wir haben lange geschwiegen, Jan.«

»Du hast geschwiegen. Ich habe nur nichts gesagt.«

»Jetzt sprechen wir, da bin ich sehr froh.«

»Ich fühle mich erholt. Wie nach langem, tiefem Schlaf.«

»Dann haben wir nicht geschwiegen, nur geschlafen, uns erholt?«

»Gesunken in die Kissen der Zeit, angekommen im fernen Land.«

»Hast du auch dieses Gefühl, als seien wir schon ewig unterwegs?«

Er denkt an die strapaziöse Fahrt zurück: »Es war eine unendliche Kurverei bis hier her.«

»Sie schien mir endlos im Schweigen. Davor haben wir gestritten.«

»Haben wir das?« Sein Gesicht wirkt so nackt und absichtslos wie zuvor sein schlafender Leib. »Ich habe Stimmen gehört, Lockungen, Vorwürfe, Anklagen, habe meine Ohren verstopft und mich ans Lenkrad gekettet wie Odysseus sich an den Masten.«

Sie sieht ihn mit einer erstaunlichen Klarheit, als hätten Träume und Tränen ihre Augen über Nacht reingewaschen. Sein Lächeln ist bezaubernd, mit ihm beginnt die Schöpfungsgeschichte. Am Anfang war ...

»Ich freue mich auf diesen Tag mit dir«, sagt er lächelnd, tastet nach ihrer Hand auf dem Laken, zieht sie vorsichtig zu sich heran. Sie gibt nach, lässt ihren Kopf auf seine Schulter sinken. In der Langsamkeit beider Bewegungen liegen Verzeihen und Vergessen. Ja, sie mussten so weit reisen.

»Fahren wir auf den Monte Albán, dessen wahren Namen keiner kennt?«

»Zu den alten Steinhaufen? Natürlich«, sagt Jan, während er ihre Hand weichknetet in seiner großen, warmen.

»*Prunktreppen in die Innenräume des Himmels*«, schwärmt Isabel mit leuchtenden Augen.

»Ziehen wir unsere schweren Schuhe an.«

Im Fenster können sie bereits das Plateau ausmachen, die magischen Konturen der Ruinen.

War es genau hier? Oder gegenüber, wo Zimmermädchen im Gejohle einer TV-Show Betten frisch beziehen? Oder im Zimmer darüber, wo es nach hektischen Schritten in tiefer Nacht überaus still wurde? War es nebenan in der Suite, die sie als zu teuer ausgeschlagen haben?
Vielleicht musste er noch einmal hierher kommen, in vier Wände wie diese, in denen Gespräche nichts bewirkten.
Die Entscheidungen waren längst getroffen. Das Reden war nur ein Hinauszögern der Konsequenz. Die Unsicherheit war gespielt, die Leidenschaft gemacht. Die Zweifel waren gelogen, die Tränen rückwärtsgewandt, die Worte eitler Text. Die Nacktheit war Verachtung, den anderen verlassen, ein Genuss.
Noch einmal alles durchspielen: Sie hatten so oft zusammen geschlafen, dass ihre Körper sich blind vereinen. Das Ende ihrer Liebe ist so erregend, als begegneten sie sich zum ersten Mal. Ihre Lust ist sogar noch größer, so nah waren sie sich noch nie.
Obwohl sie es wiederholt, sie werde ihn verlassen, glaubt er es nicht. Wie kann er ihr glauben? Sie ist gierig, sein Glaube ist verletzt. Sie spielen schlecht und wissen es. Er will damit aufhören, sie hält daran fest.
Vielleicht musste er noch einmal hierher kommen, in dieses Zimmer, in dem sein Glück ihn verließ. Ihr noch einmal nahekommen, sie noch einmal gehen sehen.
Ihre Abwesenheit steht fest umrissen im Raum. Jetzt löst sie sich auf. Bleibt Jan. Bleibt ein Zimmer. Bleibt die verlassene Bühne für die Rituale des Abschieds, die Posen der Ehrenrettung. Vorhang auf für den letzten großen Auftritt, der in die Geschichte eingeht. Bleibt ein mittelmäßiges Hotelzimmer, Bühne gleicher, ähnlicher und ganz anderer Szenen. Bleibt Isabel.

»Sie sah gut aus, voller Leben. Ich höre sie noch lachen – ihr beide kamt aus dem Wasser und seid pudelnass und scherzend die Treppe hinaufgegangen. Ihr ward so ausgelassen und entspannt …«

Ganz im Gegensatz zu Marcel und mir, denkt Christine. Sie sieht die Szene mit erstaunlicher Genauigkeit vor Augen, als hätte sie sie damals fotografiert und ginge nun die Serie durch. Manche Dinge prägen sich ihr übergenau ein. Vielleicht eine Nebenwirkung ihres Augenberufes. Sie sieht die beiden offensichtlich angetrunkenen Amerikaner in ihrem Hotelzimmer verschwinden, hört sie laut lachen. Sie war damals voller Neid, hätte gern mit den Fremden getauscht, die sich im Zimmer nebenan ungeniert liebten, während sie und Marcel stritten und, schlimmer noch, sich bald nichts mehr zu sagen hatten.

Jeremy ist bewegt, beherrscht sich, stellt die Kaffeetasse wie in Zeitlupe vor sich auf dem Bistrotisch ab.

»Ja, Barbara war manchmal laut, sie war wie ein Kind.«

»Ihr Lachen war ansteckend. Es ist unbegreiflich, dass sie kurz darauf …«

»… tot vom Stuhl gerutscht ist? Ja, unbegreiflich. Doch es gab Anzeichen. Sie war zu dick. Doch, Christine, und hätte sie noch zehn, zwanzig Jahre gelebt, wäre sie richtig fett geworden. Sie liebte alles Verbotene. Ich dachte, gut, sie ist Künstlerin, da gehört eine gewisse Hemmungslosigkeit vielleicht dazu. Sie rauchte wie ein Schlot, stand auf deftiges Essen, auf Süßigkeiten, trank Mengen Rotwein. Jeder Bewegung, die nicht ausschließlich ihrer Lust diente, verweigerte sie sich konsequent. Eines Tages eröffnete sie mir, dass sie nicht alt werden würde. Ich fragte sie besorgt, ob sie beim Arzt gewesen wäre. Seit wann gehe ich zum Arzt, entgegnete sie schnippisch. Ich weiß es eben. Reg dich nicht auf, sagte sie, machen wir das Beste daraus!

Genießen wir diesen Tag, vielleicht ist es unser letzter! Mit Ermahnungen und guten Ratschläge hast du ihr nicht kommen dürfen. Da schlug dir Verachtung entgegen, die völlige Missbilligung deiner Person und Argumente.« Sein Blick fällt durch die sonnengeflutete Türöffnung auf die belebte Straße hinaus. Mit zusammengekniffenen Augen spricht er weiter. »Eines Abends … während sie den Rotwein gierig in sich hineinschüttete und die Luft vor Zigarettenqualm nicht mehr zu atmen war, schwärmte sie von Schamanen. Sie wollte in Mexiko einen Heiler finden, der ihr den Weg zur inneren Mitte zeigen sollte. Du suchst also einen Quacksalber, fluchte ich, der dir ein wohliges Gefühl in den Bauch zaubert, auch wenn du keinerlei Grund zur Euphorie hast? Schau dich doch einmal an, schau in den Spiegel, dann weißt du, was du zu tun hast! Ihr Gerede nervte mich. Wir stritten. Nicht besonders heftig, doch sie nahm mir meine Skepsis krumm. Liebe verträgt keine Kritik. Es ist so. Du musst dir die Zunge abschneiden. Entweder du erträgst die schlechten Gewohnheiten des anderen oder du hast verloren. Wer weiß. Vielleicht hatte sie Recht und wir hätten noch mehr auf den Putz hauen sollen. Ich habe sicher die schlechtere Kondition von uns beiden. Exzesse liegen mir nicht, meine protestantische Erziehung steht mir da im Weg.«

»Du hast viel durchgemacht«, sagt Christine diplomatisch.

»Ich war blind, habe bewusst die Augen vor ihrer Krankheit verschlossen. Sie malte kaum noch, die Ergebnisse deprimierten sie. Also trank sie noch mehr. Einer ihrer besten Freundinnen, eine Malerin wie sie, hatten Freunde einen Entzug in einer der besten Suchtkliniken des Landes finanziert. Noch am Tag ihrer Entlassung war sie rückfällig geworden. Barbara bekam es mit der Angst. In den Wochen vor unserer Reise hielt sie sich erstaunlich zurück, trank fast nichts. Dafür zeichnete sie viel, legte wieder ihre ansteckende Heiterkeit an den Tag. Am Abend vor unserer Abreise erzählte sie etwas von anstehenden Veränderungen, dass sie sich über Jahre in ihrem Körper gefühlt hätte wie in einem Kokon und die Zeit bald reif sein würde. Heraus kam aber kein wunderbarer Schmetterling, nur ein kleiner dicker Engel, der jetzt auf uns herabschaut und nicht versteht, wovon wir reden.«

»Vielleicht geht es ihr jetzt gut und es hat sich erfüllt, wovon sie träumte«, sagt Christine ohne große Überzeugung.

Nach dem, was zwischen ihnen passiert ist, derart ausführlich von einer anderen Frau erzählt zu bekommen, geht ihr langsam auf die Nerven. Sie saugt am Strohhalm, kühler Orangensaft füllt ihren Mund. Er trinkt seinen Kaffee, schwenkt die Tasse und leert den Rest mit einem entschiedenen Ruck.

»Wen von uns beiden hat es schlimmer getroffen? Manchmal beneide ich sie, beneide eine Tote.«

»Weil sie dir fehlt.«

»Die Toten sind egoistisch.«

»Dasselbe können sie uns vorwerfen.«

Sie lehnt sich im Stuhl zurück, legt den Kopf in den Nacken, ihr Blick verliert sich im dahinsegelnden Ventilator. Sollten sie nicht langsam das Thema wechseln?

»Jedenfalls komme ich jedes Jahr hierher. Bis auf 2006, da habe ich gekniffen. Wegen der Unruhen. Barrikaden, Demonstrationen. Eine hochexplosive Stimmung würde einen erwarten, hieß es. Ich habe mich abschrecken lassen. Es war ein Fehler. Ich habe mich schrecklich gefühlt.«

Sie konzentriert sich noch immer auf den kreisenden Propeller, als könnte sie dessen Geschwindigkeit beeinflussen, indem sie ihn fest anstarrt.

»Musst du diesen Ort nicht hassen? Mexiko hat dir kein Glück gebracht.«

»Vielleicht kommt es dir verrückt vor. Aber ich fühle mich hier wohler als irgendwo sonst auf der Welt. Natürlich habe ich Oaxaca gehasst, wenn du so willst. Habe alles hier verdammt. Jeden Schuhputzer, jedes Kind, die Indios, Straßenhändler, Touristen … Vor allem aber die Leute im Restaurant, das Personal, die Gaffer und den Arzt, der ihren Tod feststellte. Alle zuckten sie mit den Schultern oder stierten Löcher in die Luft. Als dann auch noch die Polizei auftauchte, verdrückte sich, wer konnte. Ich war völlig durch den Wind. Konnte sie nicht wenigstens zuhause sterben? Dort hätte ich etwas für sie tun können. Aber hier? Ich konnte kein Wort Spanisch. Und überall diese lustigen Gerippe, Zähne bleckenden Schädel, makaberen Karikaturen – diese Leute sind verrückt, verrückt nach ihrem Knochenmann, dachte ich. *Der Tod ist das Lieblingsspielzeug des Mexikaners und seine treuste Geliebte*, las ich dann bei Octavio Paz, *er sucht ihn, streichelt, foppt, feiert ihn und schläft mit ihm.* Was wundere ich mich da noch?«

»Vielleicht machen sie das Beste aus dem, was sie sowieso nicht abwenden können? Alle zweiundfünfzig Jahre ging ihrem Glauben nach allemal die Welt unter. Die alten Mexikaner waren Pessimisten, die den Untergang kultivierten. Wenn ihr Kalender es ihnen befahl, zerschlugen sie alles Geschirr, löschten die Herdfeuer, verließen ihre Städte, um irgendwo mit allem wieder von vorne zu beginnen …«

Sie beugt sich vor und berührt sanft seine Hand. Im Ausschnitt ihrer weißen Bluse erkennt er den verführerischen Ansatz ihrer Brüste. Christine genießt seinen begehrlichen Blick, während sie in charmantem Ton weitererzählt.

»Dann ihre vielen Feindschaften, blutigen Auseinandersetzungen, die Blumenkriege, bewusst inszeniert, um Gefangene zu machen und sie ihren Göttern zu opfern. Der tägliche Kampf ums Überleben. Die Menschen haben den Tod umarmt und mit ihm getanzt. Es konnte nicht schlimmer kommen. Schlimm genug war das Leben. Sie wollten ein bisschen Spaß haben, und sei's mit dem Sensenmann.«

Jeremys Blick verliert sich noch immer schmachtend in Christines Ausschnitt. Doch seine Geschichte ist noch nicht zu Ende erzählt.

»Der alte Restaurantbesitzer ist vor zwei Jahren gestorben. Seine Söhne kennen meine Geschichte und behandeln mich freundlich und zuvorkommend wie jeden Gast. Es ist inzwischen der einzige Ort auf der Welt, an dem ich damit einverstanden bin, dass das Leben weitergeht. Ich habe zeitweise sogar überlegt, hier eine Wohnung zu kaufen. Barbara hatte ein untrügliches Gespür für gute Gelegenheiten. Sie hätte längst ihr Haus und es wunderbar eingerichtet.«

Die schmale Männerhand unter ihrer Hand vibriert, Christine verstärkt ihren Druck.

»Du musst verzweifelt gewesen sein, bist es noch.«

»Ich bin nicht verzweifelter als irgendein anderer Mensch, den du hier sehen kannst. Nicht verzweifelter als du es bist.«

Sie zieht ihre Hand zurück, setzt sich aufrecht, rührt mit dem Strohhalm den Saft im Glas um. Die Eiswürfel haben sich vollständig darin aufgelöst.

»Ich habe nichts Vergleichbares erlebt.«

Sie saugt den verwässerten Saft durchs Röhrchen. Sein Gesicht hellt sich auf, als käme ihm ein wundervoller Einfall.

»Hör zu, Christine. Ich habe die Stühle damals markieren lassen. Du würdest mir eine große Freude machen.«

»Womit? Nein, Jeremy.«

Bis zu diesem Moment hat sie die Situation geduldig ertragen, jetzt schiebt sie das leere Glas empört von sich.

»Du bist nicht die erste Frau, mit der ich dort gegessen habe.«

»Danke, es macht den Gedanken nicht angenehmer, wenn ich mir vorstelle, Teil einer Serie zu sein.«

Sie denkt an ihre Foto-Shootings, das anschließende Sichten, Wählen, Löschen.

»Die andere Frau hat nichts davon gewusst. Ihre Ahnungslosigkeit hat mich wütend gemacht. Doch soweit ich weiß, hat sie unsere Begegnung überlebt.«

»Warum hast du sie nicht darüber aufgeklärt, wie du es mir zumutest?«

»Sie hätte sofort Reißaus genommen. Oder sich furchtbar wichtig gefühlt. Das hätte ich schwer ertragen.«

»Und so hattet ihr einen wundervollen Abend? Ich bin nicht dabei.«

»¿Gusta pedir algo más?«, fragt scheu der *joven*, fast noch ein Kind. Christine schüttelt den Kopf, sie will gehen. Er bestellt sich einen Capuccino.

»Bist du eifersüchtig?«

Christine steht auf, patzig: »Sagen wir abergläubisch.«

»Du kaufst einen Gebrauchtwagen und kennst seine Geschichte nicht. Erwirbst ein Haus und kennst seine Geschichte nicht. Schläfst mit einem Mann …«

Sie verdreht genervt die Augen.

»Ja.«

»Manchmal sind wir ein bisschen leichtsinnig, wollen unseren Spaß um jeden Preis. Bereust du es?«

Sie lässt sich zurück auf den Stuhl fallen.

»Deine Frau war vielleicht Alkoholikerin. Und was bist du, ein Wiederholungsjunkie?«

»Was regst du dich auf? Leben wir nicht alle in den Ruinen unserer Gewohnheiten? Mit jedem Atemzug, den du tust, mit jedem Schiss, jedem Liebesakt tust du's der ganzen Menschheit gleich. Oder hältst du dich für eine Ausnahme?«

»Na schön. Und?«

»Seit zweittausend Jahren trinken die Christen das Blut Jesu und teilen seinen Leib, sind sie deshalb einfallslos? Die Muslime kreisen um einen schwarzen Würfel und die alten Mexikaner zerschlagen regelmäßig ihren gesamten Hausrat und stellen wieder neuen her, du hast es eben selbst erzählt. Keine Kultur ohne Wiederholung, keine Religion ohne Ritual. *Die Wiederholung ist die Wirklichkeit und der Ernst des Daseins.* Stimmt. *Wer die Wiederholung will, der ist im Ernst gereift*, meinte Kierkegaard, der große Moralist. Interessant, nicht? Und wir bilden uns ein, wir könnten die Welt neu erfinden! Wozu eigentlich?«

»Wenn ich mich auf ihren Stuhl setzen würde ...«

»Du hast immerhin mit ihrem Mann geschlafen.«

»Ich hätte Angst.«

»Vor einem Stuhl? Habe *ich* dir Angst gemacht?«

»Du stellst mich an die Wand.«

»Ich bitte dich nur, nachzudenken. Wovor hättest du Angst?«

»Dass mir etwas Ähnliches passieren könnte.«

Sie wirft einen ungläubigen Blick zum Ventilator, der sich noch immer brav dreht. Ihr ist heiß, mit einer Hand bewegt sie fächelnd ihre Bluse.

»Aber das ist die Wahrheit. Es könnte dir etwas Ähnliches passieren. Ist das der Gedanke, vor dem wir uns schützen müssen? Dass wir einem anderen gleichen, der die Schwäche besaß, einfach so vom Stuhl zu fallen? Mit einem Brocken Rindfleisch im Mund? Was kann der Stuhl dafür? Oder der Kellner, der uns den Wein brachte? Die Musiker, die für uns spielten, um unsere

Laune aufzubessern? Was kannst du dafür? Glaubst du an schwarze Magie?«

»Deine Idee ist eine Zumutung.«

»Fühlst du dich schuldig?«

»Du verwickelst mich in etwas, das ich nicht absehen kann.«

»Ich will dich ficken, Christine. So sieht es aus.«

Der Junge bringt den Capuccino, beißt sich dabei konzentriert auf die Zungenspitze, stellt das schaumgekrönte, heiße Getränk in aller Vorsicht neben dem wild gestikulierenden Amerikaner ab. Glücklicherweise sind sie im Augenblick die einzigen Gäste. Jeremy brüllt beinahe und unterstreicht mimisch Wort für Wort, damit es auch ja bei ihr ankommt.

»Ficken, verstehst du? Du verstehst mich genau.«

Christine spürt, wie sie schamrot wird, ärgert sich über sich selbst. Er redet weiter mit seinen weit aufgerissenen, tiefblauen, stürmischen Augen.

»Und ich will mich mit dir unterhalten, wie ich mich noch mit keinem Menschen unterhalten habe, mit dir an einem Tisch sitzen, der so gewöhnlich und so außerordentlich ist wie kein zweiter.«

Die Frau an der Kaffeemaschine schaut, von der Heftigkeit ihrer Unterhaltung angezogen, zu ihnen herüber. Christine fängt ihren Blick auf, gibt ihr mit einem Lächeln zu verstehen, dass alles in Ordnung sei. Jeremys Leidenschaftlichkeit ist bei ihr angekommen. Sie erinnert sich an Barbaras Lachen, hört die beiden beim Sex im Zimmer nebenan. Sie denkt an die vergangene Nacht mit ihm …

»Jeremy, geht es auch leiser?«

Er, reumütig: »Natürlich.«

»Warum bist du dir so sicher, dass ich mitspiele?«

»Es ist doch nur ein Abendessen.«

Ein Pärchen betritt das Lokal. An ihrer umsichtigen Art glaubt Christine deutsche Touristen zu erkennen, die nicht auffallen möchten. Sie muss lachen. Ihre Landsleute im Blick, perlt ihr das Amerikanische besonders lässig von den Lippen.

»Ich soll mich also auf ihren Stuhl setzten?«

»Ja.«

»Was werden wir essen? Dasselbe, was du mit ihr gegessen hast?«

»Kann sein. Wonach uns der Appetit steht.«

Wie auf ein stilles Zeichen stehen die eben Angekommenen wieder auf und verlassen das Lokal. Traumwandlerisch, denkt Christine, wie durch eine unsichtbare Fessel verbunden. Liefe einer von ihnen los, landete der andere auf der Nase. Fiele der eine gleich in ein ungesichertes Kanalloch da draußen vor der Tür, stürzte der andere hinterher. Oder er hielte den Verunglückten fest über dem Abgrund, zöge ihn langsam wieder herauf ans Licht.

»Brauchst du Bedenkzeit?« fragt Jeremy gespannt.

»Worüber werden wir reden?«

»Über alles. Wozu Regeln aufstellen?«

»Ist Barbara tabu?«

»Wenn es dir zuviel wird, bleibt dir die Freiheit, zu gehen.«

⁂

Sie sind unterwegs zum Monte Albán, da stürzt einer, aus den Wolken gefallen, schlägt auf den Asphalt. Ein haltloser Lastwagen überrollt ihn. Ein PKW-Fahrer übersieht ihn, fährt über seine Beine, schaut kurz in den Rückspiegel, gibt Gas. Mühsam hebt der Mann seinen Kopf, lässt ihn sinken, umtost vom Verkehr wie von einem Schlachtengetümmel.

Es gibt keine markierten Fahrbahnen, ihre Anzahl schwankt, sie wird sekündlich neu ermittelt anhand von Fahrzeugbreite, Geschwindigkeit und Dreistigkeit der Beteiligten. Die Fahrt wird zum Abenteuer, sie führt über Abgründe, über breite, die Straße durchschneidende Abwasserkanäle, die nur lose mit groben Eisengittern abgedeckt sind, Lücken zwischen den Streben, groß genug, dass mit ein wenig Phantasie ganze Pick-ups, Taxis, Tourbusse darin verschwinden könnten auf ihrem Weg stadtein- und stadtauswärts. Mütter mit ihren Kindern könnten in den Gräben verschwinden, verirrte Touristen, Blinde, Tagträumer, Schulklassen, Geistliche, Köche, Geschäftsleute, Ärzte, Musiker, Professoren, Soldaten oder Demonstranten. *Hupen? Wenn Sie die Zeit verlieren wollen, dürfen Sie es tun.*

Das blutüberströmte Gesicht springt sie an. Genug, es reicht! Isabel versetzt ihm einen kräftigen Stoß. Sie wird zornig, will das Opfer bespucken, will es treten. Doch die unsinnige Menge Blut, die der Verletzte verliert, hält sie zurück. Endlich springt sie doch, landet auf dem wackligen Fleischberg. Sie stampft sein Bild mit Gewalt aus ihren Augen. Kaum ist sie von ihm herunter, rappelt er sich auf. Sie sieht den Verletzten, den man überrollt hat und liegen lässt wie einen Hund. Sie sieht sich in seinem blutroten Spiegel, sieht sich darin ausgelöscht. Wieder taucht er auf, hebt den Kopf, zeigt ihr sein blutüberströmtes Gesicht. Sein Körper windet sich in ihren Augen, sie wird erblinden an seiner Agonie. Sie muss gegen ihn antreten, muss ihn niederringen, muss ihn mit Spucke, Tritten und Fäusten aus ihren Augen prügeln. Sie wird den Kampf verlieren. Wieder ist der andere stärker. Diesmal liegt er auf der Straße im eigenen Blut. Seine Wirklichkeit überflügelt die der Gaffer, der Flüchtigen und Gleichgültigen. Im roten See haucht er sein Leben aus, haucht seinen blutigen Atem ein letztes Mal gegen ihre Windschutzscheiben. Noch einmal trifft den jetzt Reglosen Isabels Schlag. Sie nimmt ihre Hände vors Gesicht, während Jan am Sterbenden vorbeisteuert.

Gerade noch unter bunten Papiergirlanden zum Zócalo spaziert, unter den Arkaden in unschuldiger Morgensonne gefrühstückt und mit Jan gescherzt, da fällt ein Schwerverletzter vor ihre Füße. Gerade noch den Schuhputzern zugeschaut im Meer von Weihnachtssternen, Oaxacas Marimba-Orchester zugehört mit seinen verrückten Schlag- und Pfeiftönen, lachen und weinen müssen vor Rührung, da fällt ein Mensch vor ihre Füße. Er fällt aus dem Nichts, er fällt vom Himmel. Unsichtbare Hände haben ihn fallen lassen, haben ihn einfach losgelassen. Engel haben ihn im Flug verloren, ihn auf den Asphalt geschissen, haben mit ihm auf sie gezielt, sie mit Blut beworfen. Das Frühstück will rückwärts aus ihrem Mund.

Jan will sie trösten: »Gerade will ich sagen, schau nicht hin, da hast du ihn schon gesehen.«

»Ein roter Schleier. Ein Theatervorhang. Der Mann hat seine Nase durch sein Blut gesteckt, mit den Zähnen gebleckt wie der rote Teufel.«

»Ein Menschenopfer.«

»Und die Sonne ist aufgegangen.«

»Die Sonne mag Blut.«

»Blut ist schön warm und kraftvoll seine Farbe.«

»Der Lebensstrom.«

»Die Fruchtbarkeit.«

»Früher hat man auch unsere Felder mit Blut gedüngt.«

»Es wächst nichts auf Asphalt.«

»In den Ritzen und im Straßengraben schon.«

»Ich kann nicht offenen Auges sein und unschuldig bleiben«, sagt Isabel.

»Versuch es.«

Fürwahr, Jan hat an diesem Morgen das Gesicht eines Weisen.

✣

Beim Frühstück überfliegt Christine die Überschriften der Tageszeitung »La Jornada«: *Mentira que en México se masacre a civiles: Calderon; Murieron 700 migrantes en 2008 en la frontera con Estados Unidos; Protestan 4 mil en Ocotlán por el asesinato de un joven roquero; Mató la policía en Chiapas a tres indocumentados extranjeros; Hallan los restos de tres decapitados en las cercanías de un panteón en Tijuana …*

Als Jeremy sie entdeckt, stürzt er auf sie zu, drückt der Überrumpelten einen hektischen, schweißnassen Kuss auf den Mund.

Sie faltet die Zeitung zusammen, er lässt sich ihr gegenüber in den Korbsessel fallen.

»Stör ich dich?« fragt er sie aufgeregt.

»Es macht mir nichts aus, allein zu frühstücken.«

»Du kannst vieles sehr gut allein, nicht wahr?«

»Kann schon sein. Was uns zunächst schwer fällt, möchten wir schon bald nicht mehr missen, ist es nicht so?«

Mit der Sonnenbrille auf der Nase sieht er sich um.

»Hierher hast du dich also geflüchtet.«

»Der Pächter ist Franzose. Das Baguette backen sie selbst. Schmeckt gut. Magst du probieren?«

Sie streckt ihm einen mit Butter bestrichenen, mundgerechten Happen hin, er beugt sich vor, lässt ihn sich zwischen die Zähne stecken. Kauend betrachtet er die alten Fotos und Kinoplakate an den Wänden.

»Da sitzt man in Mexiko und träumt von Paris.«

»Wer träumt sich nicht anderswohin? Die meisten Menschen lieben vergilbte Fotos.« Mit einem besorgten Blick auf die Zeitung: »Lies doch einmal, was hier so los ist.«

»Warum frühstückst du nicht im Hotel? Wäre doch nahe liegend. Französisches Brot kriegst du dort auch.«

Sie wehrt ab, verzieht den Mund: »Ich mag keine Schlafzimmergesichter in der Öffentlichkeit. Paare, die dem Bett entsteigen und sich gleich ausgehungert aufs Buffet stürzen. Tut mir leid.«

»Wenigstens sind die meisten von ihnen frisch geduscht. Schau mich an. Total verschwitzt. Meine frisch geputzten Schuhe: Völlig verstaubt vom Weg in dein bevorzugtes Café.«

»Immerhin hast du mich gefunden, jetzt kannst du deine Sonnenbrille abnehmen.«

Sie lehnt sich schmunzelnd im Korbstuhl zurück, der ihre Bewegung knisternd kommentiert, und betrachtet aufmerksam ihr Gegenüber.

»Als ich einem netten jungen Pärchen mit Kampfhund ausweichen wollte, wäre ich um ein Haar von einem entfesselten Dritte-Klasse-Bus überrollt worden.«

»Das Abenteuer steht dir ins Gesicht geschrieben. Wirklich, du siehst wild aus, richtig sexy«, sagt sie mit einem Hauch von Ironie.

Er bemerkt ihr anliegendes rosa T-Shirt, klappt seine Sonnenbrille zusammen und legt sie neben sich auf den Tisch. Seine tiefblauen Augen blicken hochnervös.

»Du hast unseren Abend also gut überstanden. Das erleichtert mich.«

»Es sieht so aus, danke«, antwortet Christine vergnügt.

»Du hast das Essen kaum angerührt. Schade, ich fand es ausgesprochen gut.«

»Ich hatte keinen Appetit.«

»Wie ich sehe, holst du das Versäumte nach.«

»Diese Eier sind ausgezeichnet. A la mexicana, mit viel Chili, schön *scharf*.«

Ihren anzüglichen Unterton überhört er.

»Die nehme ich auch.« Er gibt dem *joven* ein Zeichen. »Ich habe unseren Abend, unsere Nacht sehr genossen. Bis du gegangen bist.«

Der Kellner kommt an den Tisch, Christine bestellt sich noch einen Tee.

»An deiner Seite hätte ich keine Ruhe gefunden.«

»Ich habe zu viel geredet.«

Sie nickt, stützt ihr Kinn auf die gefalteten Hände.

»Zugegeben, die Sache hat mich angestrengt.«

»Die Sache …«

Er kaut die einzelnen Buchstaben wie ein fades, zähes Etwas.

»Dein Experiment – oder wie willst du es nennen?«

»Wie auch immer. Es ist geglückt.«

Er lehnt sich im Korbsessel zurück, lässt seine Arme rechts und links über die Lehnen baumeln, grinst. Die Ärmel seines naturweißen weiten Leinenhemdes falten sich auf, als wären es Flügel.

»Was heißt, es ist geglückt?«

»Das heißt, ich kann abreisen«, erklärt Jeremy zufrieden.

Sie nippt vorsichtig am heißen Tee, verbrüht sich, pustet über die dampfende Oberfläche.

»So rundum glücklich siehst du aber nicht aus.«

»Ich habe kaum geschlafen. Aber es geht mir gut.«

Sie stellt das Glas mit dem dampfenden Inhalt vorsichtig ab.

»Frag mich!«

Mit bewusster Geste streift sie sich eine Locke aus dem Gesicht. In ihren Augen spiegelt sich die Erinnerung an die gemeinsam verbrachte Nacht. Er weicht ihrer Anspielung aus, heftet seinen Blick auf eins der alten Fotos, auf einen einsamen Saxophonspieler unter einer Brücke an der Seine. Ein kalter, regenverhangener Wintertag in Paris ... Er beneidet den Fremden, der allein in der Kälte am Fluss steht und spielt, ohne sich dafür erklären zu müssen.

»Wir könnten uns irgendwann in Paris treffen ...«

»Übermorgen ist Weihnachten. Und du willst abreisen?«

»Ich weiß, dass übermorgen Weihnachten ist.«

»Weißt du auch jemanden, der dich zum Truthahn einlädt?«

»Ich bin all die Jahre gut ohne ausgekommen.«

»Dein Rührei wird kalt.«

Er stochert in der rot-gelben Masse, beginnt lustlos zu essen.

»Du lädst also deine Geschichte bei mir ab und verschwindest.«

»Oh, ganz schön scharf, die Eier.«

»Ich hatte dich gewarnt.«

Er tupft mit der Serviette über seine vor Schärfe brennenden Lippen, trinkt einen großen Schluck Kaffee.

»Barbara ist tot.« Er nimmt noch einen Schluck, spült den Mund, um das Brennen zu lindern. »Ich kann ihre Gegenwart nicht länger beschwören, indem ich jedes Jahr exakt drei Tage vor Weihnachten zu einer bestimmten Uhrzeit in ein bestimmtes Lokal gehe und mir einbilde, dass sie mir gegenübersitzt.«

Mit der Gabel sticht er zackig in die mit Käseraspeln bestreuten Bohnen. Christine verfolgt jede seiner Bewegungen aufmerksam mit den Augen.

»Habe ich ihr Erscheinen verhindert?« Er zuckt mit den

Schultern, sie fragt weiter: »Was wäre gewesen, wenn du alleine auf sie gewartet hättest?«

»Nein. Es war vollkommen richtig, dass du mir Gesellschaft geleistet hast ... Wenn ich alleine gewesen wäre, hätte ich mich nur selbst bemitleidet, meinen Schmerz mit der Frau verwechselt, die ich liebe ... geliebt habe ...« Er legt die Gabel beiseite. »Ich habe sie benutzt, habe ... meine Gefühle für sie missbraucht, um mich, wie soll ich sagen? Gestern Abend also ... je mehr ich von ihr erzählt habe ... Hm, als hätte mein Gerede ... Ja, als hätte ich sie beleidigt ... Irgendwann habe ich nur noch irgendeine Geschichte erzählt. Die Geister sind müde. Ich bin es auch. Barbaras Tod lässt sich nicht rückgängig machen.« Mit einem Anflug von Zorn: »Mexiko war ganz allein ihre Idee. Wenn es nach mir gegangen wäre, ich wäre lieber nach Venedig gereist. Venedig im Winter. Brodskys Augenstadt ist schon lange mein Traum. Oder nach Paris. Auch schön. Warum mussten wir unbedingt nach Mexiko? Weil ihre Freundinnen davon schwärmten. Weil alle Welt nach Mexiko fährt. Weil sie Lowrys ›Unter dem Vulkan‹ für einen ganz großen Roman hielt. Na klar, die Trinker unter sich! *Lieber Gott, wenn unsere Zivilisation zwei Tage nüchtern wäre, würde sie am dritten an Gewissensbissen sterben.* Vermutlich wäre das alles nicht passiert ... Pyramiden, Schamanen, Orte der Kraft! Was habe ich hier verloren? Träumen einer heillosen Trinkerin nachlaufen? Das kann ich zuhause auch. Als Philosoph ...« Er lacht bitter, rauft sich dramatisch mit beiden Händen das Haar, »lehre ich haufenweise tote Ideen, die irgendwann einmal gefunkelt haben im Geist von irgendwem. Was tue ich mir an. Ich hasse Ortswechsel, hasse das Reisen. Ich will's endlich gemütlich haben, verstehst du, Christine? Aber das darf man ja nicht laut sagen als Kulturmensch. Da ist man gezwungen durch die Welt zu irren und irgendein zweifelhaftes Zeug zu essen und zu behaupten, dass es einem schmeckt. Ich hab's satt.« Mit einem verächtlichen Blick auf die Reste auf seinem Teller: »Ich bin Amerikaner. Es ist Weihnachten. Ich bin auf *turkey*.«

»Also doch Truthahn?«

»Natürlich!«

»Heimweh«, sagt sie auf Deutsch.

»Uff.«

»Du erzählst Geschichten, ich mache irgendwelche Fotos. Wir wollen den Geheimnissen auf den Grund gehen und zerstreuen sie mit unseren Fragen, Ansichten, plumpen Versuchen. Daran ist nichts Verwerfliches.«

Ein Sonnenstrahl trifft auf ihren orangerot lodernden Haarschopf. In der Nacht ist sie über ihren Schatten gesprungen, nun fühlt sie sich befreit und voller Energie. Undenkbar, dass sie irgendwo einschlafen und das Steuer einem anderen überlassen würde. Was ihr vor zwei Tagen passiert ist, würde ihr heute sicher nicht mehr unterlaufen. Es geht ihr gut. Richtig gut.

»Ich habe den Bogen überspannt. Ich bin ein Trottel, Christine.«

»Offensichtlich musstest du soweit gehen.«

»*Man muss wissen, wie weit man zu weit gehen kann.*«

»Wer sagt das?«

»Jean Cocteau. Ich habe es nicht gewusst.«

Wieder bleibt sein Blick auf den Konturen ihres rosa T-Shirts hängen.

»Heute Nacht ist die Noche de rábanos. Ein Kollege kommt für unsere Reportage aus Deutschland. Eigentlich sollte er längst hier sein. Dieter ist ein frischer Kopf. Er würde dich auf andere Gedanken bringen.«

»Vielleicht will ich ja gar nicht auf andere Gedanken kommen. Außerdem kann ich Rettich nicht riechen. In Verbindung mit Schuhwichse schon zweimal nicht.«

»So empfindlich? Ich dachte, du liebst diese Stadt? Der einzige Ort, an dem du es aushältst?«

»Du weißt, warum ich hierher gekommen bin. Nicht krummer, stinkender Riesenrettiche wegen.«

Weiß er es selbst noch? Ihre unverschämten Titten machen ihn wütend.

»Und Morgen Abend die großartigen Umzüge. Tausende reisen für die Calendas extra an. Und du willst hier weg?«

Er winkt ab: »Habe ich alles schon zig Mal gesehen.«

Ihre Augen funkeln gereizt.

»Hat es dir keinen Spaß mit mir gemacht?«

»Spaß hat es gemacht. Das schon …«

»Aber?«

Ausweichend: »Es ist nicht deine Schuld.«

Zynisch: »Barbara erlaubt es nicht.«

Prompt: »Möglich.«

»Schade.«

Sie kneift die Augen zusammen, nimmt in Gedanken ihre Kamera vors Gesicht, betrachtet den Mann im weißen Unschuldsleinen technisch, checkt die Beleuchtung, überprüft den Kontrast seiner Gestalt zum Hintergrund. Im Geiste geht sie einen Schritt zur Seite, geht um Jeremy herum, setzt ihn aus verschiedenen Blickwinkeln in Szene. In Sekundenschnelle ist die Welt für sie eine andere. Tausendfach erprobt, ist der Kunstgriff zur Kamera ihr zur Rettung geworden, ihre zweite, perfektere Haut. Jeremy registriert ihre Veränderung, er wird hellhörig.

»Ich habe eine Sondergenehmigung für den Monte Albán«, erzählt sie begeistert. »Wir können eine Stunde nach der offiziellen Schließung auf dem Gelände bleiben und die Sonne sterben sehen. Es gibt kein makelloseres Licht. Fühl dich eingeladen.«

Sie sieht das Plateau vor sich, spürt den aufziehenden Abendwind, der den Staub aufwirbelt und über die Ruinen trägt. Sie fiebert ihrer Arbeit entgegen, wenn ihre Augen mit den Dingen verschmelzen. Sie sieht etwas, was er nicht sieht, Jeremy ist eifersüchtig.

»So unternehmungslustig, Christine?«

Freudig: »Ich war heute früh schon auf dem Markt.«

»Vor dem Frühstück?«

»Ja!«

»Und was hast du dort gesucht?«

»Bilder, was sonst? Ich war zur richtigen Zeit am richtigen Ort. Wenn auch viel totes Tier auf nüchternen Magen … Ich hab dort Fleischträger fotografiert mit Rinderhälften, die sie vom Lieferwagen in die Halle schleppten. Schau.«

Stolz zeigt sie ihm die Bilder auf dem Display ihrer Kamera. Jeremy weicht irritiert zurück, als wäre er mit der Nase gegen ein unsichtbares Hindernis gestoßen.

»Romantisch. Wie lange ist diese Kuh schon tot?«

»Wer weiß das? Jedenfalls wird ihr Fleisch an der Sonne getrocknet, ehe es in hauchdünnen Scheiben zum Braten in die Pfanne kommt. Tasajo, hast du gestern Abend selbst gegessen.«

»Tatsächlich? Aber ist das etwas für euer Publikum?«

Der Anblick offenen Fleisches ist ihm unbehaglich. Er fühlt sich dabei selbst eigenartig entblößt.

»Für wen auch immer. Die Bilder sind stark«, erklärt sie.

»Sie sind grausam.«

Früher hielt sie das für ein Kompliment, jetzt ärgert es sie.

Jeremy wird pathetisch: »Ich finde sie geschmacklos.«

Sie hält das Objektiv auf ihn an.

»Bitte einmal lächeln.«

Er wehrt heftig ab, verzieht das Gesicht: »Ich will nicht.«

»So wird das nichts. Streng dich an, komm!«

»Glaubst du im Ernst, der Mann drückt sein Gesicht freiwillig ins Kuhfleisch?«

»Was stört dich daran?«

»Er hat eitrig entzündete Augen. Das wird dir kaum entgangen sein. Dazu die Fliegen. Und alles in Großaufnahme. Es ist ekelhaft.«

»Es entspricht der Wahrheit.«

»Eine Wahrheit, die du mit bloßem Auge nicht gesehen hättest«, sagt er hart, »vor der du dich selbst versteckst.«

»Wenn er mich bemerkt hätte, wären die Bilder wertlos. Darum arbeite ich mit Teleobjektiv. Die Auflösung ist so hoch, dass du die Facettenaugen der Fliegen herauf zoomen könntest.«

Offenbar hat er Christine unterschätzt, jetzt ist sie ihm unheimlich. Er deutet auf die Kamera, die sie weiter auf ihn anhält.

»Kannst du deine Waffe bitte beiseite legen?«

»Keine Sorge. Ich habe nicht abgedrückt. Du gefällst mir heute nicht.«

Sie lässt den Apparat in ihren Schoß sinken. Jeremy tut noch immer entrüstet.

»Du benutzt den Mann für dein Geschäft. Findest du nicht, er sollte wenigstens daran mitverdienen?«

»Was soll's. Er weiß nichts davon. Er macht seinen Job, ich mache meinen. Außerdem …«, sie geht noch einmal auf dem Display die Serie durch, »ist er gut getroffen. Wie eine Maske aus einer griechischen Tragödie.«

»Ein armes Schwein, nicht mehr, nicht weniger.«

»Du übertreibst …« Sie ist zufrieden mit dem Ergebnis,

durchforscht weiter ihre Ausbeute. »Schau, und das sind die beiden Deutschen, die gestern ins Café kamen und gleich wieder gegangen sind.«

»Nein, sehe ich zum ersten Mal. Was ist mit ihnen?«

»Sie beobachten den Fleischträger, das arme Schwein, wie du ihn nennst, und sind dabei völlig fasziniert und ungeniert. Hier siehst du ihn fotografieren. Und hier siehst du den Marktarbeiter zurückschauen. Was liest du in seinem Blick?«

»Er ist halbtot vor Erschöpfung.«

»Schau genau hin.«

»Weiß nicht … Überlegenheit. Und Ohnmacht.«

»Überlegenheit und Ohnmacht? Ich hatte die beiden Deutschen für schüchtern gehalten. Jetzt bin ich mir nicht mehr sicher.«

Jeremy überschlägt die Rechnung, legt den entsprechenden Betrag auf den Tisch, setzt seine Sonnenbrille auf, murmelt: »Ganz normale Touristen, wahrscheinlich eher naiv. Christine …« Er steht auf, berührt sie verlegen an der Schulter. Sie reagiert nicht, ist ganz in ihre Bilder abgetaucht. »Sorry … es ist ein bisschen schnell gegangen mit uns … Ich brauche etwas Zeit für mich. Vielleicht sehen wir uns später … vielleicht fliege ich …«

Er hat keinen Mut, sie anzusehen. Er zögert, schiebt verstohlen seine Visitenkarte unter die Geldscheine.

Als er zur Tür hinausgeht, schaut sie ungläubig vom Display auf, als hätte sie geträumt.

Die Errichtung der Stadt und Kultstätte Monte Albán vollzog sich etwa so: Man trug die Spitzen des Berges ab und errichtete an Stelle der natürlichen Kuppen Pyramiden, Tempel und Paläste. Unterhalb der sakralen und privilegierten Bezirke entstanden Häuser und Hütten fürs Volk. Das Wasser wurde, mangels natürlicher Quellen, von Hunderten von Trägern von weit her aus dem Tal heraufgeschleppt wie auch sämtliche Lebensmittel, die die Herrscher des künstlichen Plateaus täglich benötigten, um nicht zu verhungern. Auch alles, was ihr aufwändiger Kult erforderte …

Die Architekten treten an. Ihre kühnen Bauwerke sollen die geografischen Formen der Berge in den Schatten stellen. Dem Lichtzauber der Sonne setzen die Künstler ihre eigenen Farbmischungen entgegen. Im Observatorium folgen die Weisen in langen Nächten dem Lauf der Himmelskörper. Voller Angst, doch zunehmend selbstbewusster, treten die Menschen der Natur gegenüber und fordern sie zum Vergleich. Sie fällen Sträucher und Bäume, versetzen, behauen und bemalen Steine, brennen Ziegel, fügen sie zusammen, schichten sie auf, türmen sie zu Himmelstreppen. Sie färben ihre Haut mit Pigmenten und schreiben Zeichen. Sie legen Schmuck an und tragen Waffen, Federn und Masken. Die Nacht erhellen sie mit Fackeln und Feuern. Und sie opfern ihresgleichen. Denn dass man von hier aus die Erde verlassen und zu den Gestirnen aufsteigen kann, ist augenscheinlich. Die Priester wetteifern mit den Naturgewalten. In strengen, blutreichen Zeremonien bauen sie Brücken zu ihren Göttern.

Doch die Zeit arbeitet für die Natur. Als die Menschen nach und nach ihre Stadt aufgeben, erobern Regen, Sonne, Wind und Vegetation die mühsam errichtete Pracht zurück. Sie waschen Blut und Farbe von den Steinen, bringen die Quader ins Rutschen, lassen es in den Ritzen keimen und wachsen. Die kühne Architektur wandelt sich in ein unansehnliches graues

Geröllfeld, das sich bald unter Gras und blühenden Sträuchern duckt.

In den Kerkern ist es für immer still geworden. Die Reliefs an ihren Wänden, die *danzantes*, werden nicht länger von den Gefangenen betastet, die mit gedunsenen Lippen, in grotesker Verrenkung als ob sie tanzten, entkleidet und entmannt ihrer Ermordung harren. Mit Händen begreifen sie ihr steinernes Spiegelbild, lesen die Rillen und Kerbungen, die ihr Elend bannen bis in alle Ewigkeit, wie Blinde. Keine nahende Fackel kündigt heute ihre Befreiung, das Zerschneiden der Fesseln, den köstlichen, auf geschwächten Beinen zurückzulegenden Marsch, das schmerzhafte Wiedersehen mit der Sonne, die feierliche Mühsal des Treppensteigens, den Klang der Trommeln, Flöten, Muscheltrompeten, die Schläge auf Schildkrötenpanzer und Steine, die anschwellenden Gesänge – ihre bevorstehende Opferung: an Armen und Beinen gepackt und über den Opferstein gestreckt werden; der Griff erhabener Hände in ihr resigniertes, in ihr erwartungsvolles Fleisch, die blutverkrustete Mähne des Hohepriesters über ihrem Gesicht, seinen furchterregenden Gestank einatmen im Augenblick des Todes, wenn das Obsidianmesser ihren Brustkorb aufstößt, eine besudelte Hand ihr Herz ergreift. Fauchen der Jaguare in ihren Käfigen, den köstlichen Brocken witternd, die Herzen werden ihnen zum Fraß. Kopflose Leiber rollen die Stufen hinab, die Häupter werden aufgereiht zum Zeichen. Mögen die Menschen an die Notwendigkeit ihres Tötens und Sterbens geglaubt und im gemachten Tod den Sinn ihres Daseins erblickt haben – um ihn der unsinnigen, alles überstrahlenden Natur entgegenzuhalten. Oder um ihn ihr, der unmenschlichen, übermächtigen, wenigstens hinzuzufügen.

Die Schöpfung ist ein gewaltiger Strom, der immerzu strömt, in lieblichen und schrecklichen Wellen. … Alles scheint langsam zu kreisen und einem Mittelpunkt entgegenzuschweben: die Wolken, das Gebirge rund um das Tal, der aufsteigende Staub, die großen, schönen, weißbebänderten Habichte, die gabilanes, *und sogar die schneeweißen Blütenflocken auf dem blassen* paloblanco-Baum. *Sogar der Orgelkaktus, der in stocksteifen Haufen aufragt, und der Kandelaberkaktus scheinen sich langsam um eine vorhandene Mitte zu drehen.*

Seltsam, dass wir in geraden Linien denken, wo es doch keine gibt, und von ›geradewegs‹ sprechen, wo doch jede Bahn früher oder später dem Zentrum zustrebt. Wo der Raum doch gekrümmt ist und der Kosmos aus Sphäre in Sphäre gebaut – und der Weg von jedem beliebigen Punkt zu jedem anderen beliebigen Punkte rund um die Biegung des Unvermeidlichen führt …

Er schließt die Augen, lässt das Buch neben sich auf den Boden sinken, hält sein Gesicht in die laue Nachmittagsbrise. Wie leicht Spuren hier verwehen, denkt er, ob sie schnurstracks verlaufen oder schwungvoll um eine Biegung! Eben haben er und Isabel über die Riefen unzähliger Schuhsohlen gewitzelt, die die emsigen Besucher auf dem staubigen Untergrund zwischen Pyramiden, Palästen und Ballspielplätzen hinterlassen haben, und sie als geheimnisvolle Reliefs und Glyphen gedeutet, den archäologischen Zeugnissen einer untergegangenen Hochkultur ebenbürtig. Sie haben sich stundenlang Zeit genommen für den Rundgang übers Gelände, alle Erklärungen auf den Tafeln gelesen, sind zuvor noch ins Museum gegangen, haben dort jedes Fundstück studiert und auf sich wirken lassen. Sie sind weit durch die Zeiten gereist, im Schatten eines großen Kandelabers ruhen sie sich nun aus.

An Jans verschwitzten Rücken gelehnt, betrachtet Isabel den

stachligen graugrünen Riesenkaktus: Myriaden von Tierchen kriechen über seine gegerbte Haut, bewohnen, zernagen sie, höhlen die Kaktee aus, hausen in ihr wie in einer Festung. Sie schleifen und schleppen ihre Nahrung, ihre Opfer und ihre Brut über die dornige Haut, tragen in ihren staubigen Runzeln Kriege aus, legen Eier in ihre Wunden, während die Sonne glühende Tränen vergießt. Und der reglose Dickhäuter bringt kleine, grelle Blüten hervor aus Trotz für die erduldete Pein oder aus Dank für die ungebetene Gesellschaft. Eine Nacht, einen Lidschlag lang zieren sie die staubgraue Einsamkeit mit unbegreiflicher Farbe; ein Kolibri, der Überlieferung nach ein Geopferter oder ein in der Schlacht gefallener Krieger, schiebt im Flug die Blütenlippen zur Seite, trinkt den Nektar, den der Riese auf dem graugrünen, durchlöcherten Rücken der Zeit ersinnt. Die Flügel des Durstigen sind schillernde Luft.

»Jan, siehst du? In der Kakteenhaut leben sie alle. Schau, keiner muss einem Anderen, Schwächeren, Älteren, Müderen oder Kränkeren, Ungeschickteren, Langsameren und weniger Gefräßigen den Platz streitig machen, um an seiner Stelle zu leben, an Stelle eines, der für ihn weicht. So wie sie für mich gewichen ist, ohne dass ich sie vertrieben hätte. Vielleicht hat sie auch ein höherer Sinn vertrieben und für mich Platz geschaffen? Das dürfen jene glauben, die so etwas glauben wollen. Jetzt nimmt sie einen anderen Platz ein, lebt an Stelle einer anderen. So wie du jetzt an Stelle eines anderen lebst, der für dich gewichen ist, den du vertrieben hast, der weiterziehen muss, um einem anderen den Platz streitig zu machen. Denn immer ist da schon einer vor uns und nach uns, ist der Platz schon angewärmt, die Kuhle noch warm oder eben erst erkaltet.«

Jan genießt den Augenblick, die warme Abendsonne, das vielstimmige Gesumme der Insekten und Isabels Stimme: »Ja! In spärlich geiziger Natur glauben wir uns. An einer Stelle wächst nicht genug für zwei, und wo für zwei wächst, da nicht für drei, und wo für drei wächst, da nicht für vier. Alles ist gezählt und jede neue Zahl gefährdet die bewährte alte. Darum nimmt einer den Platz des anderen ein, zieht der andere weiter, macht dem dritten den Platz streitig und dieser dem vierten und jener dem fünften, und so weiter, bis die Katze sich in den Schwanz beißt. Dieser alte, durchlöcherte Orgelkaktus ist der Beweis.«

»Hm«, brummt Jan zufrieden.

Sie blickt weiter in das Gewusel.

»*Die Zahl der Leben in einem älteren Körper ist unerträglich*«, sagt sie schließlich. »Habe ich irgendwo gelesen. Ein Roman über die Liebe eines erfahrenen Mannes zu einer jüngeren Frau. Die Geschichte habe ich vergessen, bis auf diesen Satz.«

Sie schaut ihn herausfordernd an. Er lacht, ihre Gesichter leuchten glutrot. Hand in Hand schlendern sie zur großen Sonnenpyramide. Zu ihren Füßen sträubt sich die Stadt gegen das hungrige Abendlicht. Die Straßen durchschneiden die Täler wie Fluchtwege.

⁂

Im Spiegel steht ihr eine Fremde gegenüber, die sie um einen halben Kopf überragt. Sie ist auffallend schlank, trägt ihr brünettes Haar nach hinten gekämmt und zusammengebunden. Ihre Augen sind olivgrün und so leuchtend wie die Augen Isabels.

»Wer bist du?« fragt sie ihr Spiegelbild.

»Ich bin die, die dir vorausging.«

Jetzt fällt ihr ein, an wen das Spiegelbild sie erinnert.

»Dann schließt sich also der Kreis«, sagt sie zur schlanken Erscheinung, die noch anziehender wirkt als auf dem Foto, das ihr in Jans Wohnung einmal versehentlich in die Hände gefallen war und eine anhaltende Unruhe in ihr ausgelöst hatte.

»Er ist von jeher geschlossen. Wir alle umkreisen denselben Kern.«

In ihrer faszinierend tiefen Stimme schwingt ein Misston, denkt Isabel.

»Du redest wie eine Tote«, sagt sie gereizt.

»Ich bin nicht freiwillig hier. Dieser Spiegel hält mich gefangen.«

»Ich hole dich da nicht heraus.«

»Dennoch wirst du mich befreien.«

»Warum ich? Wer hält dich fest?«

»Ich mich selbst.«

»Dann befreie dich auch selbst.«

Ihr Blick wandert über Hals und Schlüsselbein, über Brüste und Nippel der Erscheinung. Um sich zu vergewissern, berührt sie sich selbst, das Spiegelbild tut es ihr gleich. Er muss verrückt nach ihr gewesen sein, denkt Isabel und schaut traurig an sich herab. Er ist noch immer verrückt nach ihr …

»In diesem Spiegel habe ich das Gesicht geprobt, an das er sich erinnern sollte. Da es sein letztes Bild von mir sein würde, wollte ich besonders gut aussehen.«

»Es ist dir gelungen.«

»Nun hast du mich eingeholt. Du darfst ihn verlassen. Denke an den Kreis.«

»Dein Platz war kalt. Ich wärme ihn mit meinem Blut und meiner Liebe.«

»Du wirst ihn verlassen. Alle Frauen verlassen ihn. Es ist sein Schicksal. Er kann nichts dagegen tun.«

»Du kennst sein Schicksal, natürlich, du hast es selbst gespielt!«

»Mit großem Talent. Es hat den Namen Einsamkeit.«

»Du sprichst von Einsamkeit, Gesicht im Spiegel? Erscheinung, die ohne den anderen nichts ist? Die du dich schminkst und hübsch machst für einen letzten großen Auftritt, einen letzten unvergesslichen Schmerz?«

»Er muss allein sein. Ich habe ihm dabei geholfen.«

»Sicher, das hast du. Du kannst nichts anderes, wie ich erfahren habe.«

»Ich habe ihm Nähe geschenkt und ihn zugleich, Atemzug um Atemzug, die Einsamkeit gelehrt.«

»Ich kenne diese Geschichte anders. Ihr ward glücklich bis zu deinem Entschluss.«

»Gewusst hat er's, doch wahrhaben wollte er es nicht.«

»Und seine Angst hast du dir zunutze gemacht. Aus Angst gab er dir alles und mehr.«

»Was man aus Angst gibt, ist lächerlich.«

»Er hat an eure Liebe geglaubt.«

»Ja, und setzte alle Hoffnung in diese Reise, unsere letzte: Er betrachtete sie als ein Spiel, das er für sich entscheiden würde.«

»Auf den Kopf hat er sich gestellt, und du, was hast du getan?«

»Bilder geschossen. Und nachgedacht.«

»Nachgedacht?«

»Ob ich es ihm sagen werde.«

»Ihm sagen würdest …«

»Dass ich mit ihm zusammen bin, um ihn zu verlassen. In der Zwischenzeit waren wir sehr glücklich.«

»Dann hast du es immer weiter hinausgezögert …«

»Was willst du? Wir reisten, waren ständig unterwegs. Und dabei vergaß ich, was ich ihm schuldig war.«

»Die Wahrheit?«

»Nenne es lieber einen Entschluss.«

»Ist es nicht dasselbe? Was macht es hier für einen Unterschied?«

»Jetzt bist du dahinter gekommen. Oh doch, du brauchst nicht deinen Kopf zu schütteln.«

»Bist nicht du es, die den Kopf schüttelt?«

»Wer weiß. Ich spreche aus, was du denkst, und du denkst, was ich sage. Schade, dass mich der Spiegel festhält. Wir sollten zusammen anstoßen, feiern. Wann wirst du es ihm sagen? Oder soll ich? Was starrst du mich an? Du machst mir Angst.«

Isabel erschrickt.

»Warum siehst du aus wie ich?«

»Bist du verrückt? Hast du bei meinem Anblick vergessen, wie du selbst aussiehst?«

»Du trägst mein Gesicht!«

»Erwartest du etwas anderes von einem Spiegelbild?«

»Dieser Spiegel ist verhext!«

»Schon gut. Ich habe mir dein Gesicht nur geborgt. Es war gerade kein anderes da und schon gar keines, das mir so gut gestanden hätte.«

»Und wo hast du dein Gesicht solange gelassen?«

»Irgendwo am Flughafen, halb krank vor Sehnsucht.«

»Wer bist du?«

»Frag dich selbst. Vielleicht kann ich dann diesen Spiegel verlassen.«

»Lässt du mich allein?«

»Wovor hast du Angst?«

»Dir zu folgen.«

»Willst du stark sein oder schwach?«

»Ich liebe, ich will nicht so sein wie du.«

»Was bin ich schon? Vergangenheit. Passé. Ausgelöscht in Jans Augen. Lebendig begraben. Er hat mich für tot erklärt, die letzte

Kleinigkeit aus seiner Wohnung entfernt, die an mich erinnern könnte, bis auf jenes schlecht getroffene Bild von mir, das du kennst.«

Die Erscheinung tanzt, wabert, verschwimmt. Flimmern in ihren Augen, Lichtblitze. Isabel taumelt.

»Als ich erfahren habe, dass er sich unsere Route in den Kopf gesetzt hat, habe ich begriffen, dass unsere Geschichte nicht zu Ende ist. Es gibt Hoffnung. Wir werden unseren Weg fortsetzen …«

Hämmernder Pulsschlag in ihren Schläfen, kalter Schweiß auf der Stirn. Die Stimme dröhnt weiter in ihren Ohren. Sie klammert sich ans Waschbecken.

»Was tust du, bist du verrückt? Du kommst mir zu nah!«

Isabel fällt vornüber, knallt mit dem Kopf gegen den Spiegel. Sie sieht das Glas zerspringen, Splitter im Becken und auf dem Boden landen. Reglos verharrt sie, kämpft gegen Schwindel und Übelkeit. Blutstropfen zerstieben im Becken.

»Sie war hier.«

Jan steht in der Badezimmertür. Seine Stimme klingt bedrohlich nüchtern.

Sie fürchtet, dass er näherkommt, hat plötzlich Angst, dass er sie schlägt, so fremd klingt er, verändert, undurchsichtig. Sie verbirgt ihr Gesicht zwischen den eingerollten Schultern, horcht auf das kleinste Geräusch aus seiner Richtung.

»Hat sie geblutet?«, fragt sie leise, während sie ins Waschbecken starrt, wo die roten Tropfen Schlieren ziehen. Sie fühlt keinen Schmerz, nur diesen Brechreiz und das Gefühl, der Boden gäbe unter ihr nach wie Watte.

»Nein, geblutet hat sie nicht.«

»Woher wusste sie, wo du bist?«

»Sie hatte mir eine E-mail geschrieben.«

»Du warst im Internet?«

»Nur so ein Blick in die Post.«

»Und hast ihr geantwortet … Gegen unsere Abmachung. Warum hast du mir Märchen erzählt?«

»Weil du nichts anderes erträgst. «

»Sie hat dich nicht verlassen.«

»Wir hatten Streit. Ich erzähle dir nichts Neues.«

»Streit? So wie wir.«

»So wie wir. Und schlimmeren. Dazwischen ging es uns gut.«

»Wie uns.«

»Wie uns.«

Trommeln in den Schläfen. Der Versuch, zu verstehen. Die Kälte seiner Worte und ihre eigene Nacktheit. Sie zittert. Was gäbe sie für ein Kleidungsstück, das sie einhüllt und schützt, das sie schmückt und zur Frau macht und seine Rede in Worte der Liebe verwandelt! Sie horcht. Schleicht sich nicht ein neuer Ton in seine Stimme, an dem sie ihn wiedererkennen, dem sie vertrauen kann? Sie fasst sich ein Herz, will es erfahren.

»Wo ist sie jetzt?« fragt sie beherrscht.

»Sie wartet im Restaurant.«

Wieder ein Blutstropfen im Becken. Große Hände rechts und links an ihren Schultern. Ein Körper in ihrem Rücken. Wildes Herzklopfen in ihrer Brust. In Zeitlupe hebt sie den Kopf. Der Spiegel ist intakt. Erstaunlich, bis auf einen Sprung rechts unten, eine alte Narbe, denkt Isabel. Geht es in der Zeit zurück? Hat sie die Scherben nur geträumt? Jans Gesicht zur Hälfte hinter ihrem. Seine warmen Hände auf ihren Schultern. Er dreht sie langsam zu sich, bis sie sich gegenüberstehen.

»Lass mich dein Gesicht waschen«, sagt er sanft, »die Wunde ist nicht tief, sie wird heilen.«

»Sie hat gesagt, dass ich dich verlassen werde.«

»Und, willst du ihr diesen Gefallen tun?«

»Ich soll dich verlassen?«

»Du wirst es nicht, du wirst mich nicht verlassen. Sag, Isabel?«

»Soll ich? Ich verstehe nicht ...«

»Was hast du vor?«

»Ich weiß nicht, mir dreht sich der Kopf. Wartet sie wirklich?«

»Warum musst du immer wissen, was ein anderer tut? Was sie an deiner Stelle getan hätte? Ausgerechnet sie! Sie war egoistisch, unausstehlich. Bist du zufrieden? Ich schlafe viel lieber mit dir. Du bist lustig, machst mir Mut. Was willst du hören?«

»Bitte lass.«

»Wie soll ich dich lieben, wenn du eine andere sein willst? Eine, die gar nicht da ist?«

»Mir ist schlecht.«

»Eine, die mich verlässt?«

»Eine, die gar nicht da ist. Eine, die dich verlässt ...«

Jan sitzt auf der Bettkante, mustert sie besorgt.

»Wie fühlst du dich?«

»Bisschen besser.«

»Du hast tief geschlafen.« Er lacht. »Und ganz laut geschnauft.«

»Geschnarcht?«

»Nein, nicht geschnarcht, nur so geschnauft.«

Er macht es ihr vor, übertreibt es, bläst die Backen auf und stößt die Atemluft geräuschvoll aus. Sie lachen. Von der Straße her lautes Dröhnen.

»Ist das ein Lärm.«

Er schließt das Fenster, setzt sich wieder zu ihr aufs Bett, streichelt ihr mit beiden Händen über Stirn und Wange. Er küsst sie sanft. Sie verzieht den Mund, wendet sich ab.

»Was ist, schämst du dich?«

»Ist mir so peinlich. Riecht man's noch?«

»Ach was. Und wenn. Wie geht es deinem Bauch?« Sein sorgenvoller Blick wandert auf die entsprechende Stelle unter der Decke. »Vielleicht kam's doch von den klebrig süßen buñuelos.«

»Weiß nicht. Ich fand sie lecker.«

Wäre dies der richtige Augenblick oder wenigstens eine gute Gelegenheit, Jan ihre Sorge – oder wäre es eine Freude? – endlich mitzuteilen? Sie denkt nach.

»Du hast so glücklich gemampft, sogar die Kinder haben dich bestaunt!«

Kinder! Sie findet den Mut nicht, schweigt. Er küsst sie auf die Stirn.

»Ich hab furchtbar viel geträumt. Völlig chaotisch.« Sie versucht sich zu erinnern. »Da war ein fremdes Gesicht im Spiegel.«

»Wahrscheinlich ein Rettichgesicht mit großer Knollennase und Heiligenschein.«

Lachend schüttelt sie den Kopf. Sie sieht Berge krummer Riesenrettiche vor sich, vom Wachstum im harten, steinigen Boden gezeichnet. Wie sie einer nach dem anderen unter den Händen der Schnitzer eine andere Form annehmen wie eine zweite, zuvor verborgene Gestalt. Wie sie eingeritzt, enthäutet, beschnitten, über Holzspieße mit anderen verbunden über sich hinaus wachsen. Zur Riesenschildkröte werden. Zur Musikkapelle mit Saxophonen und Gitarren. Zur Weihnachtskrippe der Heiligen Familie samt Esel und Ochs, Hirten und Königen. Sämtliche Heiligenscheine aus nichts als Rettich! Auch die Kinder haben sich nachmittags in dieser Tradition geübt, haben an langen Tischen mit Messern und Hohleisen Augen und Münder ins scharf riechende Gemüse geschnitzt, ihren Figuren Nasen aufgesetzt und Frisuren aus Rettichkraut. Haben aus den roten Rettichschalen ihren Tänzerinnen schwingende Röcke und ihren Fabelwesen Flügel verpasst. La noche de rábanos. Und die Schaulustigen stehen Schlange, drängen sich um die phantastischen Rettichwesen. Natürlich hat Isabel im Anschluss die klebrige Süßigkeit mit dem schönen Namen *buñuelo* probieren müssen, allein schon um das zugehörige Tongefäß im hohen Bogen hinter sich auf den Boden zu schmettern. An der Anzahl der Scherben misst sich dein Glück im kommenden Jahr. Beim Gedanken an den gestrigen Abend knirscht erneut das Scherbenmeer unter ihren Schritten. Wieder vermischen sich Traum und Erinnerung. Isabel richtet sich auf.

»Was hast du vor?«

»Auf den Zócalo. Ich will das Konzert nicht versäumen.«

»Aber du siehst noch immer ein bisschen blass aus.«

Sie lässt ihren Kopf zurück aufs Kissen sinken.

»Halte mich, wärme mich, Jan. Ich erzähle dir eine Geschichte.«

Die Ersten wirken zufällig, wie Verirrte. Mit jedem Weiteren jedoch, der sich dem Zug anschließt, wird ihr Schweigen lauter, mit jedem Meter, den sie sich nun gemeinsam dem Hauptplatz nähern, schwillt es zum unüberhörbaren Protest. In Bussen, auf LKWs und zu Fuß haben sie weite Wege hinter sich gebracht, um an diesem Wochenende in der Stadt zu sein. Sie haben Decken und Matten bei sich, die Frauen tragen zusätzlich ihre Kinder. Viele von ihnen gehen barfuss.

Mit gespenstischer Ruhe ziehen die Demonstranten zwischen den Marktständen hindurch in Richtung Zentrum. Ihre ernsten Gesichter erscheinen jetzt im bunten Schein der Lichterketten. Sie tragen Transparente vor sich her wie Zungen, als hätte einer den Sprachlosen ein paar Wörter geliehen, damit sie zeigen können, was keiner der Regierenden hören will. In großen Lettern tragen sie es vor sich her, mit jedem Schritt wiederholen sie stumm: *justicia*, Gerechtigkeit und *cambio*, Veränderung. Auf dem Zócalo angekommen, stimmt die vorderste Reihe einen Ruf an, die Menge dahinter antwortet im Chor.

Ein junger Mann im Militärhemd steigt auf die Bühne. Eben ist hier noch getanzt worden, hat der Bürgermeister gesprochen, sind Preise und Auszeichnungen verliehen worden an verdiente Bürger der Stadt. Nun nutzt der junge Rebell die Gelegenheit, feuert seine Rede vom Podest auf die Versammelten ab, als wären Wörter eine tödliche Munition und seine Zunge ein Gewehr. Mitten im Satz, in einem Wortschwall ohne Anfang und Ende, geht das Licht aus. Die offizielle Vorstellung ist vorbei, die Kabel werden eingerollt, die Lautsprecher davon getragen. Letzte wütende Sätze verhallen unverstärkt in der Dunkelheit.

Später liegen die Menschen nebeneinander gedrängt auf dem Boden am Zócalo. Ihre Spruchbänder hängen über ihnen in den Bäumen. Bis zum Morgen wird man sie von hier vertrieben haben.

Das Orchester hat den Park längst verlassen, die letzten Besucher streifen zwischen den Ruhenden hindurch vom Platz. Die Marimbaspieler wuchten die hölzernen Leiber ihrer Instrumente in die Ecke des Restaurants. Die Kinderartisten, die sich eben noch vor den Gästen zu Pyramiden getürmt haben, sind verschwunden. Die Schuhputzer packen ihr Zeug, die Sänger ziehen heimwärts. Über den Köpfen der Menschenmenge rotierten eben noch gefährlich Funken sprühende Feuerwerksringe, jetzt liegen ihre verkohlten Gerippe auf dem Boden. Eine Wolke schillernder Luftballons treibt an Schnüren gezogen durch die Gasse. Der Ochse Dumbo wartet noch immer auf Kinder, die das zahme Monstertier streicheln wollen. Die Geschäfte verschwinden zügig hinter Jalousien, Holzläden und Gittern.

Nur wenige sind noch auf den Beinen. Ein Vater singt mit seinen kleinen Söhnen. Der eine liegt unter einer großen, bauchigen Gitarre begraben, dem *guitarrón* der Mariachis, seine jungen, wunden Hände spielen in Wollhandschuhen die groben Saiten. Sein kleiner Bruder streift rhythmisch mit einem Holzstab über die Riefen einer abgesägten Wasserflasche, Instrument und Geldbüchse zugleich, hüpft von einem Bein aufs andere, als glühte der Boden unter seinen nackten Füßen. Immer dasselbe Lied. Schon am Morgen haben sie es gespielt. Sie spielen es um ihr Leben, spielen es noch immer, auch jetzt, in der Nacht.

Und er soll Vater werden? Noch ist es nicht sicher, noch darf Jan zweifeln, darf er schwanken zwischen Überraschung und Stolz, zwischen Skepsis und Angst, Verunsicherung und Freude.

Arm in Arm schlendern sie weiter, an ihrem Hotel vorbei. Haben sie es übersehen? Der Eingang mag schlicht sein, doch unsichtbar ist er nicht.

Weiter entfernt bellen Hunde.

✣

Nach aller Hemmungslosigkeit, allem Durcheinander. Nach seinen Begegnungen mit Christine. Nachdem er sich selbst überrascht, verunsichert und überfordert hat. Nachdem sich alles in ihm überstürzt hat, Begehren, Erfahrung, Faszination und Leichtsinn. Nachdem Überschwang umgeschlagen ist in Wut, Offenheit in eiserne Verteidigung. Nachdem seine protestantische Erziehung, sein erstaunlich verlässlicher Moralismus ihm zur Hilfe geeilt ist und die Verführerin enttarnt und sie gebrandmarkt hat. Nachdem ihn Barbara so gründlich verlassen hat, ein zweites Mal gestorben, ein für allemal geflohen ist vor dem penetranten Zugriff seines Gedächtnisses. Nachdem er sich wieder als Mann gefühlt hat aus Fleisch und Blut, in leidenschaftlicher Hingabe und Erschlaffung. Nachdem er seinen eigenen Absichten entkommen ist und sich als Mensch gezeigt hat mit Wunden. Nachdem er das berührt hat, wovor er alltäglich flieht: Verlassenheit, Hunger, Neuanfang. Nachdem er geweint hat im schmalen Schattenstreifen auf dem Mäuerchen neben dem alten Mann an der Plaza Santo Domingo dort bei den Agaven, die einmal in ihrem langen Leben blühen und dann sterben. Nachdem er angerannt ist im Geiste gegen jenes Gesetz, das die blaugraue Sukkulente zwingt, den Blütenstand auszutreiben, drei bis fünf Meter hoch, schwertförmig, phallisch, sie nötigt, sich derart auszustellen vor aller Augen unter der Sonne. Nachdem der Alte nicht aufgehört hat, den Weinenden neben sich anzustarren und dessen tränenverschleierten Blicken zu folgen wohin auch immer, zu betrachten, was der Fremde betrachtet, sei es ein Nichts in der Luft oder die eigenen alten Hände über dem Stockknauf zwischen den Knien. Nachdem er im Hotel angelangt ist, vorbei an den Pagen, die keine Kleidung tragen, nur seltsame Theaterkostüme, mit wenigen Stichen zusammengenäht, als dienten sie einer komischen Vorstellung und nicht dem Ernstfall Wirklichkeit. Nachdem er noch einmal losgeweint hat in der Übersichtlichkeit des Hotelzimmers, seiner Gepäckstücke, der Toilettensachen auf der Ablage unter dem Spiegel.

Nachdem er sich entschieden hat zu bleiben oder nicht die Kraft hat, die Koffer zu packen. Nachdem er lange geschlafen hat quer über dem großen Doppelbett und später, beim neuerlichen Anblick der Pagen, sich wieder stark gefühlt hat zu leben, geborgen in der Lächerlichkeit ihrer Kostüme, ihrer sprunghaften Mienen, ewig schwankend zwischen hemmungslosem Lachen und dienstfertigem Ernst. Nachdem er wie die Jahre zuvor, gedankenverlorener vielleicht noch, sich in die Menge am Zócalo gemischt, Kakao unter den Arkaden getrunken und sich im Weihnachtssternmeer die Schuhe hat putzen lassen, die obligatorische Zeitung durchgeblättert und kaum ein Wort verstanden hat, während das Leder an seinen Füßen unter den tanzenden Bürsten und schwingenden Lappen des Schuhputzers zu schimmern und zu strahlen begonnen hat. Nachdem er sich gestärkt hat mit Avocadosuppe, einem Steak und drei Bier. Nachdem es Nacht wurde und wieder Tag und erneut Abend. Nachdem er sie vermisst und nirgends entdeckt hat. Nachdem die erste Prozession eingetroffen ist und der Gitarrist in seinem Nacken gegen die laut aufspielenden Musikkapellen weiter angeklampft und gesungen hat. Nach dem überbordenden Umzug aus Frömmigkeit und Groteske, ernsten Gesichtern und sprühendem Feuerwerk, gemessenen Schritten der Gläubigen und entfesselten Tänzen der *monos*, überlebensgroßer Puppen mit großen Köpfen aus Pappmaché. Nach stundenlangem Kreisen der Wagen und Heiligenbühnen, darauf Kinder als Engel, als Maria und Joseph, als die Heiligen drei Könige – große müde Augen und Lollis im Mund. Nachdem er immer wieder vergeblich ihr Gesicht gesucht hat in der Menge, vergeblich Ausschau gehalten hat nach ihrem unverwechselbaren Haarschopf. Nachdem er einen Mezcal getrunken hat, einen zweiten. Nachdem er ihre Nachricht entdeckt hat. Nachdem er eine unruhige Nacht verbracht hat neben der Kranken. Nachdem ihr Fieber weiter gestiegen ist und er sie im Morgengrauen in seinen Mietwagen verfrachtet hat. Nach aller Aufregung Stille. Steine. Sonne. Hitze. Nicht einmal Kakteen. Nicht einmal Geier am Himmel. Nach aller Aufregung: nichts. Leere. Einsamkeit. Eine Schlafende neben sich. Ein graues Lenkrad im Griff verschwitzter Hände, die er abwechselnd am Hosenstoff trockenreibt. Nach allem Aufruhr eine Straße durch eine Welt aus Steinen. An Abgründen entlang, deren Tiefe sich dem Vorüberrollenden entzieht. Noch eine Weile das Gefühl, das Richtige zu tun. Doch die Straße scheint ewig. Zwei Stunden bis zum Flughafen Mexico-Stadt, hat er sich vorgestellt, die zwei Stunden sind längst um, die Höhenstraße schwindelerregend, einsam. Sie beklagt sich im Halbschlaf, im Fieber, er flüstert Beruhigendes, singt. Als dann der weiße Qualm durch die Ritzen der Kühlerhaube dringt, als er am Straßenrand steht. Als endlich ein Auto hält und das deutsche Paar sie mitnimmt. Als er durstig im flatternden Hemd neben der geöffneten Kühlerhaube in Wind und praller Sonne auf den Abschleppwagen wartet, sind seine Zweifel verflogen. Im letzten Bild steht ein roter Kleinwagen vor graurosa Geröll.

Er liegt in ihrem Ruecken, seine Atemzuege erzaehlen ihr heimlich eine Geschichte: Es kostet mich unendlich viel Mut, ihr nahe zu sein. Nicht immer habe ich die Kraft dazu. Ihre Gegenwart löst eine Erregung in mir aus, die ich kaum ertrage, eine unstillbare Lust. Mich gibt es nicht mehr, an meine Stelle ist ein anderer getreten, ein Mensch. Ich schreie. Ich habe mich in ihrem Fleisch verloren. Ihr Geruch hat die Gerüche, ihr Duft die Düfte der Erde ersetzt. Jedes Ding fühlt sich an wie sie, alles rede ich an mit ihrem Namen und verfluche es, wenn es nicht ihr Gesicht hat. Die Welt ist am Ende, ich hänge an dünnem Faden, bewegt von ihrem Atem, reglos, wenn sie nicht da ist. Ein Windspiel bin ich in ihrer Luft, ich selbst habe keine Luft mehr, keine zum Atmen, keine, um einfach zu gehen. So ist es. Du stirbst, und wenn du Glück hast, wirst du wach im Körper eines anderen, siehst die Welt mit seinen Augen, weil du selbst keine Augen hast.

Seine linke Hand lauscht der heimlichen Geschichte ihrer Brueste: Es kostet mich unendlich viel Mut, ihm nahe zu sein. Nicht immer habe ich die Kraft dazu. Seine Gegenwart löst eine Erregung in mir aus, die ich kaum ertrage, eine unstillbare Lust. Mich gibt es nicht mehr, an meine Stelle ist eine andere getreten, ein Mensch. Ich schreie. Ich habe mich in seinem Fleisch verloren, sein Geruch hat die Gerüche, sein Duft die Düfte der Erde ersetzt. Jedes Ding fühlt sich an wie er, alles rede ich an mit seinem Namen und verfluche es, wenn es nicht sein Gesicht hat. Die Welt ist am Ende, ich hänge an dünnem Faden, bewegt von seinem Atem, reglos, wenn er nicht da ist. Ein Windspiel bin ich in seiner Luft, ich selbst habe keine Luft mehr, keine zum Atmen, keine, um einfach zu gehen. So ist es: Du stirbst, und wenn du Glück hast, wirst du wach im Körper eines anderen, siehst die Welt mit seinen Augen, weil du selbst keine Augen hast.

Inhalt

I.

II.

Die Erinnerung … kommt mir oft vor wie eine Art von Dummheit. Sie macht einen schweren, schwindligen Kopf, als blickte man nicht zurück durch die Fluchten der Zeit, sondern aus großer Höhe auf die Erde hinab von einem jener Türme, die sich im Himmel verlieren.

C. W. Sebald

Sämtliche Handlungen und Personen dieses Romans entspringen der Phantasie – die nicht aus nichts etwas macht, sondern Bilder entdeckt im großen Fluss eigener und fremder Geschichten und sie traumwandlerisch verbindet.
Oder wie Antonin Artaud über Mexiko schrieb: *Alles stellte eine Erfahrung dar, die ich gemacht hatte, die bereits durch mich hindurchgegangen war, und nicht die Entdeckung einer seltsamen, aber neuen Welt.*

Allen, die dazu beitragen haben, dass dieses Buch gedeihen konnte, gilt mein tiefer Dank: dem »Schriftstellerhaus Stuttgart e.V.«, dem »Förderkreis dt. Schriftsteller in Baden-Württemberg e.V.« und dem »Herrenhaus Edenkoben e.V.« – und meinen Freunden!

Die kursiv wiedergegebenen Zitate stammen, so sie an entsprechender Stelle nicht genannt wurden, von: Rosario Castellanos, Bruce Chatwin, Mahmud Darwish, Carlos Fuentes und Egon Erwin Kisch.

ISBN 978-3-940086-38-9

Lektorat: Petra Wägenbaur, Tübingen.
Umschlaggestaltung: Christiane Hemmerich Konzeption und Gestaltung, Tübingen.
Herstellung, Gestaltung und Satz: niemeyers satz, Tübingen.
Druck und Bindung: Pustet, Regensburg.

Mehr über das Verlagsprogramm von Klöpfer & Meyer finden Sie unter *www.kloepfer-meyer.de*